AF137757

Préface de l'auteur

Jusqu'ici, les véritables crises m'avaient épargnée. Celle inédite de 2021, véritable première qu'il m'ait été donnée de traverser m'insécurise tout comme les autres citoyens. Un an durant, respirer, manger, dormir covid a rendu visible la difficulté à se faire une opinion et donc à être rassuré.

Ce récit témoigne de la volonté de laisser une trace, particulière s'il en est une ; de celles qui marquent mais aussi celles après lesquelles la vie prend une autre saveur à sublimer. L'écriture prétexte pour entendre la polyphonie et les points de vue de la période a pris soin d'anonymiser les personnages issus du réel. Les évènements en cours laissent en suspens nombre de questions ainsi qu'une grande place à l'histoire à venir.

Mars 2021, le covid court, on connait la date de début mais pas celle de la fin. La défit de la vaccination s'accélère. Inoculer le produit à la .population mondiale ne se fait pas aussi rapidement qu'imaginé, les variants font flamber l'anxiété et craindre qu'on ne s'en sorte jamais. Question anxiété la population est encore moins bien qu'au début. L'avenir est incertain, sans même parler d'une nouvelle vague, d'un énième confinement ou d'un nouveau variant. On peut aisément prédire le retour à l'hyperconsommation, la mobilité tout azimut pour rattraper le temps perdu et retourner à *l'anormal* d'avant. Il y aura des lésés et d'autres qui tireront parti de ces lésés.

A moins que :

La crise donne un souffle de sagesse collectif porteur d'une remise en question significative des usages et des manières de vivre ensemble. Ainsi nous pourrions éviter de repartir pour un siècle d'épidémies.

Restons acteurs du scénario de demain.

Nathalie Nallet

L'imprimeure Française

Roman

Éditeur : BoD-Books on Demand
12-14 rond-point des Champs-Élysées, 75008 Paris
Impression : Books on Demand, Norderstedt, Allemagne

Illustration : Nathalie Nallet

ISBN : 978-2-3221-9813-9
Dépôt légal : Février 2021

A mes enfants,
Damien, Xaviéra, Grégoire, ainsi
qu'à mes petits-enfants, Loan et
Louis.
Pour qu'ils se souviennent.

L'imprimerie

Dans la famille Valette, depuis le grand père, on vit avec la peur de la grippe espagnole aux fesses ; – désormais, on dira la peur du covid 19 -. Chez eux, on ne roule pas sur l'or, on compte, et surtout on sème à tout vent, sans répit ni vacance, on fait du stock et au cas où, on épargne. Quoi qu'il arrive, la règle est de dépenser moins que l'on gagne.

Aline, belle jeune fille convoitée mais inaccessible, a grandi en périphérie de Lyon, sur le paillasson de la ville où sont implantées les zones commerciales. Le prix du m² avait attiré le grand-père paternel, d'origine russe, l'élite d'une génération avec en poche le certificat d'études. Elle se souvient de son regard clair devenu nuageux les dernières années. Bien que la cataracte ait été désignée coupable, Aline suspecte d'autres origines aux nuages du regard du grand-père parvenu à une réussite sociale sur le tard, à force de labeur, quand elle ne lui servait malheureusement plus à rien. Toute sa vie il a exalté le corps exploit, jamais le corps plaisir. Aujourd'hui encore, Aline perçoit la filiation dans ses tentatives de décryptage des caractères cyrilliques, s'étonne de connaitre l'alphabet russe, certains mots. Quand elle se sent seule elle prononce automatiquement l'expression *chto delat* (que faire). Aline, fille unique, est un accident somme toute heureux. La mère, une pauvre fille que son père a sauvée de la misère, continuellement frappée d'une fatigue extrême, remercie le ciel d'être une mère comblée par sa fille docile mais surtout par les liens du mariage. Aline n'a jamais vu de photo de sa mère enfant, sur la première, elle est déjà mariée.

En avance sur leur temps, les parents d'Aline ont le souci de ne pas gaspiller, même si c'est par radinerie. Les étagères débordent de boites de petits bouts de papiers, cartons, ficelles qui ne servent à rien mais qui peuvent servir un jour. Aline s'en sert pour ses carnets. Chez les Valette, on n'a pas de cahiers de brouillon, on écrit sur le verso des blocs de feuilles imprimées agrafées avec la grosse agrafeuse pneumatique en métal bleu écaillé qui trône à l'entrée de l'usine. Dans ces boites, dans la poussière du papier et l'odeur de l'encre, elle trouve son bonheur pour confectionner ses origamis en couleurs et ses livres aux pop-up que Flammarion s'arrache aujourd'hui.

On se souvient d'elle enfant, légère et insouciante, de ses courses après un rai de poussière, de son regard constant vers la grosse pendule noire aux chiffres romains, de sa fixation sur une feuille virevoltante dans les allées, de ses longues pauses à discuter avec les employés, -l'air très intéressé de l'adulte supérieur-, de ses deux tresses de cheveux flamboyants, drues sur les épaules, de ses carnets qu'elle promenait fièrement et laissait volontiers découvrir. Ils regorgeaient de croquis d'animaux, de fleurs, d'odeurs avec ses petites bandelettes de parfumeuse, mais aussi d'étiquettes de tissus chapardées dans les rouleaux de magasins.

A sept ans, elle n'écrivait pas, parlait peu et croquait la vie sur ses carnets, au crayon, au fusain, à la craie grasse ou sèche, au stylo. Tout était bon et se mariait à merveille. Les personnages bâtons en mouvement reliés par des flèches et des bulles occupaient le moindre espace libre des feuilles.

Jacques, son père, le fils Valette, lui disait souvent d'un ton sévère : « On ne sera pas toujours là ! ». Cette phrase à la réalité d'une menace lointaine, ressentie comme du chantage, l'obligeait à travailler et à ne pas gaspiller le matériel. Elevée en fils, il l'emmenait en vélo faire l'ascension des cols avec interdiction de poser pied à terre. Elle en a passé quelques-uns, Le Grand Colombier, l'Alpe d'Huez, l'Izoard. Père et fille partaient seuls laissant Madame à la maison comme une phtisique pour ne pas risquer de l'abimer. La distribution des rôles était claire entre Aline la forte et sa mère, la belle et douce. L'une dédiée à la performance, l'autre à l'infantile et la douceur de vivre. La couleur blanche rassemblait mère et fille même si elles ne le portaient pas pour les mêmes raisons. L'une aime la pureté des cotonnades alors que l'autre regarde la praticité du blanc de chauffe raide qui supporte la javel. Aline ne s'engonce pas dans des tenues féminines alors que sa mère les porte près du corps empesées, pour mettre en valeur ses formes et appartenir au territoire contraignant du beau.

Imprimeure n'a pas été un choix mais une évidence, avec la double difficulté d'être une fille et de recevoir l'usine précocement en héritage. Trop subie pour être une vocation, trop télécommandée pour être une joie, elle prit le métier comme on adopte un chaton déposé devant sa porte.

A dix-sept ans, Aline a l'impression que les yeux clairs de sa mère la fixent continuellement avec avidité et la soupçonnent du pire. Avec le manque d'air, ce ne sont plus les petits personnages qui remplissent son univers mais des boutons sur le visage. Défigurée par l'acné, elle s'impose un exil dans les livres et les études à la recherche de qui elle est. Coupée de l'usine, elle n'y descend plus et devient invisible. Les études prennent toute la place. Entrée en prépa littéraire comme on rentre en religion, elle rêve d'une carrière d'ingénieure ou de professeure, de la vie parisienne, d'expos, les siennes pourquoi pas ? Puis, se résigne. Sortie brillante de la prépa, sans avis ni conseil de quiconque, peut-être téléguidée, elle se coupe une nouvelle fois du monde, de ses amis, passe son permis cariste, prend les commandes de l'usine, d'abord auprès de son père malade puis très rapidement en ses lieu et place. Les mauvaises langues parlent de chagrin d'amour et de déception, les autres de sens de la famille. Mais au fond, personne n'en sait rien.

A la tête de l'entreprise, la poétesse rêveuse se métamorphose en jeune femme déterminée, franche et directe comme un bulldozer. Insatiable et jamais repue, elle abat à elle seule le travail d'une équipe avec exigence pour elle-même et néanmoins douceur avec les autres. Comme si deux personnages vivaient en un seul. Elle avance au bruit de la musique céleste des secondes égrenées par la grosse pendule ronde aux chiffres romains de l'atelier. L'implantation de l'imprimerie rue de la Commanderie, certainement un signe du destin, oriente ses choix qu'elle dit téléguidés par la personnalité du grand-père, véritable âme des lieux. L'adresse déterministe ou prémonitoire de l'entreprise l'autorise à imaginer l'imprimerie en brigade mais avec des marguerites aux fenêtres et le soleil qui fuse. Au décès du grand-père, elle n'a pas pleuré, non pas parce qu'elle n'avait pas de peine ou que la mort soit tabou, mais parce qu'elle a vécu la mort en silence, dans une réalité toute personnelle faite de croyances, de renouveau, de voix et de messages.

A présent, sans raisons connues, les yeux cernés de bleu, elle se déplace dans l'atelier comme un spectre. Sans se l'expliquer, tous ont remarqué le changement, ça murmure dans les allées. Comme suivie d'un double, habitée par des fantômes, elle est plusieurs. Sa silhouette serpente comme auréolée d'une lumière surnaturelle, si ce n'est mystique. Elle attire tout autant la lumière que le regard des employés envoûtés. Ses lèvres fines et roses qu'elle mange continuellement, dégagent la noblesse des peintures de la renaissance -non la douceur n'est pas un crime contre l'humanité-, et s'accordent à merveille au timbre de sa voix que l'on entend pour un conseil, une mise en garde ou un compliment. Continuellement dans ses pensées, un chant intérieur aux lèvres, elle semble suivre quelque chose ou quelqu'un. Son regard plein d'une joie sibylline prend une expression de distance et d'abandon sans cesse retardés qui font dire d'elle qu'elle incarne ses ancêtres et les perpétue.

Comme les trop grosses bulles d'un Perrier prennent toute la place dans la bouche, elle est dans le trop. Surnaturelle, elle effraie par sa puissance. Il n'y a rien qu'elle ne sache faire. Elle passe aisément de la comptabilité au volant du camion ou à la manœuvre du Fenwick. Le fils qu'elle aurait dû être, le décès prématuré de ses parents, l'excès de responsabilité, les trop gros marchés accentuent sa détermination mais aussi son isolement. Elle n'a pourtant pas le physique de l'emploi, si tant est qu'il y en ait un. Le visage animé d'un sourire permanent, elle fredonne mentalement à longueur de journée des chansons qui masquent l'entrepreneuse à toute épreuve. En parfaite adéquation avec son temps, dans la croyance de la supériorité de la nouveauté, - tout ce qui vient de sortir est beau -, elle galope à longueur d'année, détruit les anciens bâtiments devenus vétustes sans nostalgie avec comme seule visée la modernité. Elle n'a pas le culte de l'ancien et préfère une bonne copie bien moderne sans les contraintes de l'antique, balaie tout d'un revers de main sans se retourner et passe à autre chose avec détermination et une apparente facilité.

Evidemment, le temps pour se farder lui manque. Elle préfère à l'esthétique de sa personne et à son confort la mécanique bien huilée de son outil de travail. Négligeant la concordance des temps mais s'attachant uniquement à celle des couleurs et des formes, en véritable magicienne de la logistique, elle opère. Les bourrages, pannes et ruptures de stock sont exceptionnels, les commandes des clients honorées en temps et heure. Derrière la productivité et les marges, elle incarne l'œil averti et précis de plusieurs générations avec constance et rigueur. Sa marque de fabrique : un style cohérent sans verrue ni signe du temps. Aline n'a effectivement rien de l'usure ou du compromis, elle est à prendre ou à laisser en bloc. Si elle décrétait aimer le jaune, pour un peu, elle s'habillerait de jaune 365 jours par an.

Parfois, son célibat lui pèse. Personne ne l'a prise ou plutôt, elle n'a pris personne, faute d'accepter de s'encombrer. Elle affirme vouloir voyager léger et ne pas emmener ses frites à Bruxelles. Par peur de se perdre ou de se dissoudre elle n'est pas plus amoureuse qu'elle ne voisine ou copine. Sociable mais solitaire, elle va souvent trop vite pour les autres et s'isole dans sa forteresse qu'on pourrait croire infranchissable. Ce qui frappe chez elle, c'est le contraste : la force du dehors, la façon d'abattre les choses comme un bûcheron et une hypersensibilité intérieure hors norme qui la fait réagir à la moindre poussière et la laisse continuellement sur le qui-vive. Généreuse, altruiste, insatisfaite car gourmande, elle grappille à toutes les mangeoires de l'existence. Bien sûr, par manque de temps, elle manque de rondeurs. La graisse ne s'accroche pas sur son physique longiligne. Son visage émacié, tracé au couteau ne supporte pas l'artifice. Allergique, elle exècre le maquillage qu'elle conçoit comme un leurre. Tant pis, elle sera ratatinée et piquée comme ces pommes sans engrais ni pesticides mais à la saveur inégalable. Elle aime à penser au jus sucré dévoilé aux palais curieux et téméraires, à cette satisfaction immédiate du breuvage qui souffre immédiatement de l'attente de la récidive.

Ses mains n'ont rien de l'emploi, elles sont fines, manucurées, les ongles sont courts, lisses et doux comme de la porcelaine. La génétique ne lui a pas transmis les paluches de son père à l'odeur d'encre. Ses mains menues d'infirmière aux odeurs de désinfectant se faufilent comme nulles autres dans le corps des machines et en ressortent étonnamment immaculées et pleines de satisfaction du devoir accompli. Le cal entre l'index et le majeur de la main droite dément le profil de soignant et témoigne du geste répétitif d'une activité manuelle. Les ramettes de papier de « la grande noire » au centre de l'atelier sont les coupables. Le cal de génération en génération, de grand-père en petite-fille s'accentue avec l'âge et l'arthrose.

L'inquiétude du manque de travail ou plutôt la peur du manque troublent son sommeil. Les cheveux domptés dans une grosse tresse deviennent ternes. Le regard dans le vague, elle traverse l'atelier comme un champ, s'arrête sans prévenir sur une machine, par instinct ou guidée par une voix. Figée dans sa combinaison blanche et ses baskets, le temps s'arrête. Les pommettes rosies rehaussées par une respiration intense, concentrée, elle laisse remonter les informations dont elle a besoin : Type de machine, protocole, nom du client, commande, nombre d'exemplaires, réglages spécifiques. Comme sur un ring de boxe, elle défie par la pensée le monstre de plusieurs tonnes. Le bruit de l'atelier couvre les borborygmes de son estomac vide mais pas celui, pourtant presque imperceptible, de la pièce de métal qui bute. Elle entend le tendon d'Achille et les mises en garde du grand-père. Sans hésiter, comme un robot, elle actionne le gros bouton rouge, ouvre le capot sans attendre l'arrêt complet de la machine, dirige sa main par instinct sur un ressort d'entrainement qui a pris du jeu. Le manque de force des phalanges l'oblige à prendre une pince becro Facom qu'elle saisit sans l'aide du regard, comme guidée par l'ange gardien qu'elle se satisfait à appeler savoir-faire. Les lèvres pincées, les épaules contractées, les troisièmes phalanges du majeur et de l'annulaire blanches, elle presse le métal. Pas de coup d'essai, un seul geste suffit. Précise et silencieuse, sans un regard périphérique, sous l'œil impuissant et admiratif des employés, l'imprimeure qui est en elle rabat le capot, inspecte les tirages, met au rebus la salve défectueuse, rapproche la palette de papier vierge, remplit le ventre de la machine et attend. Le port de tête signe la réussite de l'opération, la joie d'avoir échappé à l'incident. Rassurée, elle laisse transpirer la fierté ouvrière dans sa démarche. Le plus magique de tout reste la blancheur immuable de ses mains, impeccablement propres comme si ce n'étaient pas elles qui avaient plongé dans la machine.

Il arrive que ses yeux soient gonflés par les nuits d'insomnie. La mise au rebut de « la grande noire », une partie de son histoire, l'affecte plus qu'elle ne veut bien le dire. Ce n'était pas une simple machine. Même si le rendement de la remplaçante, -la petite grise silencieuse à commande numérique- est bien supérieure, elle l'insupporte, ne la comprend pas, reste sourde à son langage. En un mot, elle ne l'aime pas. Ni les formations spécifiques ni la valise de détection de panne payée une fortune ne facilitent leur cohabitation. Aline, impuissante, les bras ballants devant l'outil voudrait fuir, le fuir, prendre ses jambes à son cou.

L'hôpital

Sur son lit d'hôpital, à l'isolement, otage de la contention et des perfusions, elle s'épuise à chercher l'indice manqué- celui qui l'a mise à terre-, ressasse en boucle comme un mantra, les protocoles appris par cœur à la recherche d'un pourquoi. Les fiches « incidents » lui apportent les réponses techniques et rassurantes alors que les « pourquoi » restent en suspens. Le carillon inexorable de l'horloge de la chapelle de l'hôpital égrène les heures et scande la vie collective qu'elle refuse. Le son des heures lestées du poids du métal à heure fixe s'associe à sa détention forcée. Pourtant, le calme desserre son étreinte pour accueillir l'épuisement et la mélancolie nécessaires.

Dans la tentative de rassembler les fragments épars de sa personnalité, elle soupçonne d'emblée la fausse cohérence artificielle de son image, construite pour autrui. Coupable face à la maladie confusément entachée de faute, elle s'en veut d'avoir manqué de vigilance. Son système de valeurs et de croyances ne lui accorde pas le droit d'être légitimement malade. Elle appelle désespérément de ses pensées l'autre, celui qui lui est toujours venu en aide et qui, aujourd'hui reste sourd. Elle raconte au médecin comment elle est restée en relation avec lui, bien plus qu'avec ses propres parents qui ont été trop occupés par leur ascension sociale, un peu comme la sorcière d'Endor avec le prophète Samuel. Les prophéties du grand-père sont les mots qu'il prononçait. Elle explique sa vie d'usurpatrice, ses interventions sur les machines, guidées par ses mains télécommandées, sans anticipation ni connaissance de ce qu'elle fait ; son corps au service de l'expertise et du savoir-faire du grand-père. Jusqu'à il y a peu, le plus extraordinaire c'était que le savoir-faire opérait y compris sur des machines qu'il n'avait jamais conduites. Aline a toujours su qu'au-delà de son auto conviction pour supporter la réalité du deuil elle possédait un don de médiumnité, ni don ni malédiction mais, sacerdoce solitaire accueilli le soir venu. Elle lui parle à l'oreille sur le vieux voltaire clouté vert. Ils conversent longuement, comme lorsqu'elle était enfant. De l'escalade des genoux sur le vieux fauteuil, elle est passée au rituel de la robe de chambre à l'odeur d'encens. Elle y passe chaque soir en revue le déroulé de la journée. Enveloppée entièrement dans l'étoffe chaude et moelleuse, elle voyage les mains dans les poches. Le vêtement influence son esprit, comme peuvent le faire les phases de la lune ou la conjonction des planètes. Les digressions sur la moindre bouloche de fond de poche la ramènent à son interlocuteur privilégié et unique. Elle écoute son guide et compagnon avec dévotion et attention.

Les médecins traitent ce qu'ils appellent bouffée délirante aiguë par les neuroleptiques et le lithium qu'elle prend sagement. Les séances d'art thérapie laissent émerger les origamis et revenir les carnets de bouts de ficelle pleins de poésie, ainsi que de grosses larmes enfantines rondes le long des joues. Pourtant, Aline est convaincue qu'elle n'est pas dans le délire, ni dans une relation au monde perturbée. Elle se sent parfaitement adaptée avec ce don particulier qui fait partie des inexplicables merveilles de la vie.

Contrairement à ce que sa docilité laisse penser à l'équipe soignante, habitée par la télépathie de naissance, guidée dans son discours et ses actes quotidiens par ses sensations et la voix de l'autre, sensible à l'invisible, elle s'en satisfait et ne compte pas s'en dessaisir. Elle vit avec une forme d'énergie qui s'étend bien au-delà de la matière et ne comprend pas pourquoi elle ne pourrait pas communiquer avec les âmes alors que des milliers de femmes et d'hommes parlent avec les défunts et en font même profession. Elle aime à penser que tous les médiums ne sont pas des charlatans. Dans l'équipe des soignants un psychiatre, un seul, s'interroge sur l'amour plus fort que la mort, doute, s'emberlificote dans la longue liste des « peut-être » et des « pourquoi pas ». Visiblement, Aline l'a touché. Son esprit rationnel ne peut croire à ce genre de visions et pourtant, il perd le recul nécessaire et voudrait, si le professionnalisme ne le lui interdisait, partager avec elle cette part que beaucoup appellent folie. Athos, c'est son nom, ausculte, prend le pouls rapide et contre sa volonté, son cœur s'emballe à l'unisson avec celui d'Aline. Il se veut rassurant, essaie de la faire sortir de l'isolement, de fissurer la carapace. Chaque jeudi il la sollicite pour la séance cinéma. Cette semaine, sans qu'elle comprenne pourquoi ni qu'elle y accède pour autant, il insiste pour qu'elle aille voir « Sur la route de Madison » avec Meryl Streep et Clint Eastwood. Ce serait sa dernière séance entre ces murs blancs.

Le retour

Un véhicule médicalisé ramène Aline chez elle après plusieurs mois d'hospitalisation. Abattue par le traitement, elle n'est plus que l'ombre d'elle-même. Elle soutient difficilement son attention, même par politesse envers le chauffeur. Elle ne l'écoute pas lui dire qu'elle rentre au mauvais moment. Pourtant, dehors, ce n'est plus le monde qu'elle a connu.

Elle regarde sans les voir les arbres décharnés mais bien taillés le long du boulevard, puis un peu plus loin, la nature qui reprend ses droits dans le halo jaune clair qui chatonne autour des bouleaux. Elle interprète le calme exceptionnel de la rue comme une perte des notions de temps avec l'impression de revenir d'un long voyage alors que les deux ou trois têtes rondes et boursoufflées des platanes promettent une ombre salvatrice à venir. Trois mois durant, sans ressentir la privation de liberté ni même ressentir le syndrome des barbelés, coupée du monde, d'abord à l'isolement, elle a fait perdurer la situation en refusant les visites et les appels téléphoniques. C'était plus simple, une façon de limiter les risques en anticipant les déceptions éventuelles. Les soignants ont régulièrement essuyé des refus secs à leurs propositions d'activités, y compris le psychiatre qu'elle appréciait par ailleurs pour ses propositions de projection hebdomadaire de films.

Le cerveau au ralenti, dans l'illusion du sursis, elle voit sans voir les grilles des magasins tirés et se rassure de son arrivée imminente dans le secret espoir d'une surprise. Peut-être que les salariés l'attendent, peut-être même qu'ils auront préparé quelque chose pour fêter son retour ? Tout autant attachée à eux qu'ils le sont à elle, ils sont sa famille de substitution. Son regard s'accroche à une vieille femme prostrée sur le trottoir d'en face. Elle ressent sa solitude et sa dignité avec respect.

Dans ses pensées, elle n'a pas la force d'écouter le chauffeur qui déblatère et s'inquiète de sa perte de revenus, de ses charges que les allégements et mesures gouvernementales ne feront que reporter. Sourde aux jérémiades, elle s'enfonce les écouteurs dans les oreilles et s'abandonne à la voix rauque des chanteurs des années 80.

Arrêté devant la grille fermée de l'usine, le chauffeur commente la vitalité des chiens pendant qu'Aline signe la prise en charge. Elle ne s'étonne pas plus de la fermeture de la grille que de la liberté des chiens en pleine journée, ni même que le parking soit quasi vide. Pourtant on est mardi, il est 15h. Seuls sa propre voiture et son vieux camping-car de l'époque déjà bien lointaine de Julien- un rare compagnon-, sommeillent au fond du parking. Les deux chiens aboient, lui font la fête, sautent comme des cabris mais sans la toucher – à croire qu'ils ont intégré une partie des consignes- Dans leur joie communicative, elle traverse le parking et l'allée pour finir par rencontrer la résistance de la porte d'entrée. C'est seulement à cet instant qu'elle entend le silence. Elle lit « fermeture exceptionnelle pour raison sanitaire ». En état de choc, elle peine à trouver ses clefs dans son grand sac fourre-tout.

Comment ont-ils pu me faire ça ? Ils sont gonflés d'évoquer publiquement le versant « sanitaire ». La ficelle est un peu grosse. Elle part dans un délire de scénario catastrophes et rien ne l'arrête : l'usine est foutue, elle ne se relèvera pas de son absence, ils lui ont caché des choses pendant son hospitalisation, l'huissier, les clients partis à la concurrence. Elle a fauté, la maladie est un crime. C'est sa fin du monde ! Elle se flagelle et trouve même presque normal la frilosité des clients face à la maladie psychiatrique.

> -Je suis nulle, non seulement je n'ai pas développé l'héritage mais je ne suis pas foutue de le conserver et encore moins de le transmettre. J'aurais mieux fait d'être femme à la maison, au moins mes délires n'auraient dérangé personne. J'ai plus qu'à y mettre le feu.

Mue par cette perspective de sortie, plus lourde qu'un âne mort, elle trouve la force de mettre la clef dans la serrure et d'entrer.

L'odeur des produits ménagers bon marché du hall silencieux lui dit qu'elle est de retour chez elle. Arrêtée par la porte battante de l'atelier, elle peine à se mettre en mouvement dans les allées, retrouver ses marques. Elle ne voit pas les flacons de gel hydro-alcoolique sur les machines ni même les masques pendus aux sièges. Guidée par les rais de lumières sur le sol, elle sourit aux effets personnels des employés abandonnés, comme figés hors du temps : porte-clefs, tasse, gri-gri, vieille veste boulochée, blouse liberty, scoubidou. Elle chemine par la pensée dans l'atelier parfaitement vide et silencieux. Dans son délire, les employés s'animent, la saluent d'un geste de tête et d'un regard. Par association d'idées, elle superpose au réel l'image des porte-manteaux nominatifs aux belles photos d'identité de l'école maternelle. Seul l'odeur et le bruit manquent à la réalité.

Au hasard de ses déambulations elle arrive vers le tableau d'affichage proche des sanitaires. Le tableau habituellement vierge est saturé de notes des RH signées PO la Direction.

Assaillie par l'impression de débarquer chez quelqu'un d'autre, ou dans un appartement qu'elle aurait prêté à des inconnus, au mauvais endroit et au mauvais moment, elle ne comprend rien, panique et cherche à se rassurer du regard. Face au vide et au silence, à côté des coordonnées de la médecine du travail et des horaires, elle s'arrête sur le document : « hygiène et gestes barrières » à l'en-tête de l'agence régionale de santé. Les pictogrammes - plus accessibles que le texte - accrochent son regard. Elle lit les notes du 6, 13,16 et 20 mars 2020 dans un mélange d'émotion et d'apathie avec une curiosité froide et détachée. Même si elle sait qu'on est début avril, elle ne sait pas quel jour on est. Dépassée par l'injonction de se laver les mains, elle se demande si elle est folle ou contagieuse. Il lui faut de longues secondes pour lire un mot qu'elle ne connait pas et qu'elle déforme: CROCVIE 19.

La note de la direction du 20 Mars met fin à son débat intérieur :

« Suite aux derniers évènements liés au Covid-19, nous avons pris des mesures exceptionnelles pour protéger l'ensemble de nos collaborateurs pendant la période d'urgence sanitaire.

Ainsi, l'usine est fermée au public, nous sommes en activité partielle. Nous annulons l'ensemble des RDV physiques jusqu'à nouvel ordre et les reportons à une date ultérieure à distance via Teams ou Skype.

Nous vous demandons de rester en contact par mail.

Comptant sur votre compréhension, surtout restez chez vous. »

PO : La direction »

Un sursaut vital incontrôlable et massif l'envahit. Il faut qu'elle sache ! Elle abandonne sans peine l'idée née dans la voiture de laisser refleurir les rêveries,- il n'aura pas fallu longtemps pour que les bonnes résolutions s'envolent-, avant même de consulter les médias, elle appelle chacun des salariés. Rien ne vaut l'information de terrain ! Chaque échange la fait descendre un peu plus bas. Elle apprend l'arrêt de l'usine décidé en urgence à l'unanimité suite à l'hospitalisation de la doyenne, son décès, son incinération sans cérémonie, la peur de la contagion des autres, l'hystérie, le manque de masques et de gel, la débrouille, la fabrication maison des produits pour les gestes barrières, la saturation des services de réanimation, le transfert des malades des hôpitaux de l'est et du centre de la France vers l'ouest, les morts dans les EHPAD, les chiffres français et européens, l'hécatombe aux Etats-Unis et en Amérique du Sud, les prévisions, les mesures de restrictions, le confinement, les conséquences, les perspectives de déconfinement, la crise économique.

Le virus la détourne complétement de ses propres angoisses et des scories du quotidien. On pourrait croire qu'elle est guérie. Elle se demande d'ailleurs ce qu'elle faisait à l'hôpital psychiatrique. Le décès de la doyenne met à mal sa compréhension. Elle n'arrive pas à comprendre pourquoi elle ? Mireille n'avait aucun facteur de risque : femme, d'âge moyen, sans surpoids ni diabète ou autre pathologie. Il n'y a bien que le tabac qu'elle n'avait pas pour elle !

Enfermée, comme elle l'a toujours fait, volets fermés, elle se rue sur la chaine d'info qui déverse son lot de mauvaises nouvelles anxiogènes qu'elle connait déjà. Elle alterne entre inquiétude et confiance, comme quand une guerre éclate et que l'on se dit que ça ne peut pas durer. Dans son bunker aveugle, lieu de vie aux volets clos faute d'entretien ou de fenêtres murées, elle avale les informations comme une affamée, comme si elle voulait rattraper le temps perdu. Collée aux infos et aux rumeurs, alors qu'elle ne savait pas une minute plus tôt ce qu'était un pangolin elle comprend dans l'indifférence générale l'origine animale de la pandémie. De mémoire, c'était déjà le cas pour le SIDA, rien de neuf sous le soleil. L'indifférence générale du point de départ de l'épidémie et la focalisation exclusivement sur le point d'arrivée -réanimation, vaccin, traitement- l'étonne.

Le point d'origine de la pandémie ne doit pas être essentiel pour tout le monde ; à moins qu'il ne soit ingrat d'aller regarder in situ les animaux et les virus qu'ils hébergent, versus noble, le travail en laboratoire cagoulé. Même si les grandes découvertes infectieuses proviennent du terrain, manifestement, les candidats au prix Nobel privilégient l'espoir des traitements à la reconstitution des chaines épidémiologiques.

Aller dans la jungle, c'est quand même dangereux !

La réalité de l'information entendue des dizaines de fois impacte l'effet ressenti, comme si les cas se multipliaient. Elle fait connaissance du coupable français, Samuel Peterschmitt, pasteur de l'église de Mulhouse, désigné comme responsable non coupable de la contamination de 2500 fidèles lors d'un rassemblement évangélique. Le déploiement de l'intégralité des programmes des médias autour du corona virus, les mots guerre, situation exceptionnelle inédite, fermetures de frontières, brusque ralentissement de l'économie mondiale, krach boursier, font monter l'angoisse par vagues. Faute de lui menacer les bronches, le virus lui prend la tête même si pour elle, le risque de le contracter est faible, vu qu'elle n'embrasse personne, ne serre la main à personne, tousse toute seule dans son petit appartement. Elle se démène pourtant, chasse son ressenti de manque de place thoracique, cherche sa vérité dans le réel qui résiste. Complètement déstabilisée par le hiatus entre le sentiment de son existence et l'opacité des évènements, prise dans une myriade d'impressions banales transformée en chute lente et accélérée dans les replis de sa conscience, elle joue plus qu'elle ne se bat entre mémoire et perception. Elle navigue immobile, par vagues successives, repasse sur les mêmes traces pour les approfondir tout en bénéficiant, du fait des évènements, de la réassurance d'appartenir à une même terre. Elle produit tant bien que mal sa propre réalité sur la base du flot d'informations et des récits les plus convaincants qu'elle sait aussi les plus faux et déformés. Sur internet, d'un site à l'autre, elle comprend la pandémie, la quarantaine -même si c'est une quatorzaine pour commencer-, l'hôpital militaire de campagne d'Alsace, les morts, la mobilisation de temps de guerre.

Elle pense à son usine, son personnel, craint plus pour leur perte que pour la sienne sans pour autant oser l'aborder de front. La tête saturée de chiffres, taux de mortalité moyen estimé de 10%, taux de contamination, 6 à 10%, nombre de morts estimé à 23 000 fin mars et en tout cas, supérieur aux 20 000 de la canicule de 2003. L'impression de revivre une partie de la vie du grand père avec ses récits de résistant lui font remettre l'urgence du réel à plus tard. Elle n'a pas la force d'appeler la banque et l'expert-comptable.

Elle se sent comme une grenade dégoupillée dans une boite à sardines. Avec plusieurs milliards de sardines ! Aline n'arrive pas à y croire. Dissociée, sidérée, elle sait pourtant que c'est vrai. Tantôt elle s'angoisse, tantôt elle se rassure en pensant à la Grippe de Hong-Kong pas si lointaine (1969) dont sa grand-mère avait été victime. Son père parlait parfois du million de morts dans le monde et des 30 000 en France. Aline ne se souvient pas avoir entendu parler de mesures prises ou de gestes barrière. Elle ne supporte plus l'aléatoire et le conditionnel, les « il est probable que », « il est possible que » ; elle se rassure de toutes les mesures prises, même si elles sont parfois contradictoires.

Les images d'alignement de cercueils italiens lui font penser à l'après 11 septembre, quand le New York Times publiait des placards sur les victimes du World Trade Center. Ces vivants qui tombent à la pelle comme des feuilles mortes au printemps l'interrogent sur sa propre mort. L'idée d'éternité perd tout son sens et coïncide avec son dégoût des longues taches et des projets à étapes. Le virus supprime toute possibilité d'un avenir. Tant que le fléau subsistera, elle ne sera plus jamais libre. Les images règnent dans la toute puissance et l'obscénité sans jamais rassasier. Aline pense aux familles des mourants privés du dernier privilège de dire des mots d'amour, des mots d'excuses et des promesses qui font vivre... La situation est sans compromis, les mots « transiger, faveur, exception » n'ont plus de sens. Seule, avec ou sans le virus, elle sait qu'elle n'aura personne à ses propres funérailles, pas de spectateurs au crématorium. Personne pour se demander quelles musiques, quelles fleurs, quelles paroles lui offrir pour son départ. Elle se sent vide, transparente, insignifiante, n'existant que par son outil de travail. C'est comme si encore une fois « la grande noire » n'était plus. Si elle devait préparer sa propre mort, elle ne saurait même pas quelle musique elle aimerait, définir qui elle était. L'usine est la seule chose qui témoigne de son passage sur terre, elle ne sait pas ce qu'elle aime, ce qu'elle n'aime pas. Pourtant, ce simple fait de savoir ce qu'elle aime ou pas lui donnerait une singularité sécurisant. Ses choix de vie lui font mal. Elle compare ses mauvaises décisions aux décisions publiques actuelles à priori prises pour des raisons budgétaires. Peut-être s'est-elle trompée, a-t-elle trop couru après le succès et le bonheur, qui ne sont désormais que les simples effets secondaires de son dévouement. Pendant les guerres tout s'arrête, sauf les angoisses. Aline n'a pas toujours été seule, il y a eu Paul, Emile et Julien, le dernier, celui avec qui elle est restée le plus longtemps alors qu'elle avait déjà trente-cinq ans. L'idée du mariage l'a toujours effrayée. Elle a déjà du mal à choisir entre fromage et dessert, mer et montagne, long et court alors le mariage, un plutôt que tous les autres, n'en parlons pas. Sans le refuser catégoriquement, Aline n'a tout simplement jamais répondu oui assez rapidement ou avec assez de conviction, a toujours bafouillé des « euh, ben » pas très convaincants. Julien était musicien, intermittent du spectacle, il alternait les périodes d'euphorie des tournées avec de grands moments d'apathie, sur le canapé, à manger des chips, boire des bières et jouer aux jeux vidéo, en attendant un éventuel contrat. Il se refusait à faire des boulots alimentaires. L'histoire s'est étiolée, il ne voulait pas d'enfant, elle n'avait plus de temps à perdre, ils se sont quittés en bons copains. Elle aurait aimé qu'il l'aide à l'usine. Il ne l'a jamais fait. Elle ne le lui avait jamais demandé.

Force majeure, confinement, couvre-feu, isolement, contrôle, qu'est-ce que la situation va changer pour elle ? Otage, elle l'a toujours été, à la différence qu'autrefois c'était inconscient. Elle admet qu'être privée de quelque chose n'est pas comparable à l'interdit posé par un tiers même s'il est partagé par tous. La privation de liberté la renvoie à sa propre liberté mais surtout à l'utilisation qu'elle en a faite. Elle aurait pu partir en week-end, aller à droite et à gauche. Depuis le départ de Julien, le camping-car a bougé, au mieux, une ou deux fois. L'aspiration à être libre ne suffit pas à ébranler les prisons ! Les restrictions de déplacement éloignent l'idée de solitude heureuse à laquelle elle se rattachait. Les raisons matérielles de son enfermement ne font plus le poids contre celles plus complexes qu'elle admet après coup. L'amour, la dévotion du grand-père ne suffisent plus à masquer l'égoïsme sous-jacent qu'elle découvre. Elle entrevoit l'homme derrière le Saint qui exacerbe son envie de crier pour sortir de l'emprise. Ses pensées lui confirment encore une fois qu'il est plus facile de perdre quelque chose de soi pour faire plaisir à l'autre que de refuser quelque chose à l'autre pour se plaire à soi. Elle essaie de situer l'intransigeance, la violence de caractère et le besoin d'ascension sociale du grand-père dans l'histoire et non comme des traits de caractère. Seule dans ses souvenirs, elle cherche une signification générale mais, quelque chose en elle résiste et la détourne. Elle voudrait conserver de lui des images purement affectives sans leur donner de sens. Le virus décolore l'amour qui a besoin pour survivre de l'ouverture vers l'avenir, actuellement bien compromis. Elle est triste.

Heureusement, au milieu du chaos, le présent réserve quelques trésors, preuves de notre humanité. Aline découvre la solidarité exprimée de-ci, de-là dans des gestes simples. Les couturières, même amatrices prêtent main forte, les parcs d'attraction donnent des sur-blouses, le moindre brin de notoriété de chanteur, humoriste, écrivain, sportif, cuisinier, chocolatier est mis à profit. Les vétérinaires prêtent leur matériel utile à la réanimation et leurs laboratoires pour les tests – rares fois où l'art vétérinaire et l'art médical se reconnaissent-. Temporairement, toutes les mesures qui rendaient l'hôpital non fonctionnel disparaissent. Les médecins reprennent le pouvoir sur les administrateurs et derrière l'épuisement, ils renouent avec le métier qu'ils ont toujours voulu faire. L'épuisement physique crée moins de détresse en situation de tension maximale qu'il n'en créait il y a quelques mois en période de grève, quand le métier avait perdu son sens. Dans les immeubles, alors qu'on ne s'était jamais inquiété de son voisin, des offres de service arrivent dans les boites aux lettres, des tours de rôle s'organisent (parfois tacitement) dans les cours d'immeubles qui deviennent le soir venu lieu de projection de film à ciel ouvert. Le pic sonore des villes bascule à 20h installant un nouveau rituel du 21ème siècle.

C'est vrai que le virus n'épargne pas les notoriétés, -Aline les répertorie pour les compter- Boris Johnson, Jair Bolsonaro, Sébastien Chabal, Pierre Ménès, Patrick Bruel, La chanteuse Pink, Cécile Bois, Anne Elisateth Blateau, Olivier Mazerolle, Charlelie Couture, Julien Lepers, Thierry Dusautoir, Idris Elba, Indira Varma, Tom Hanks, le rappeur MHD, le prince Charles, Michel Boujenah. Elle en oublie certainement mais remarque que les décédés se comptent sur les doigts d'une main même si là aussi elle en oublie : Patrick Devedjian, Manu Dibango, le chanteur Christophe, Pape Diouf. Sur plus de 120 000 décès dans le monde, dont 25 000 en France, quatre personnalités – La notoriété, même si elle n'est pas homologuée AFNOR, est un bon geste barrière. Aline s'emberlificote dans les « pourquoi » et constate que le taux de covid est bien supérieur dans ses contacts que chez les personnalités.

Le rangement

L'état de santé d'Aline n'est pas stabilisé à sa sortie d'hôpital. Elle est faible et instable dans ses humeurs. Elle passe la plupart de son temps au rangement. Sans transition, elle passe des soins quotidiens à rien, change d'humeur comme de chemise. Tantôt elle se sent bien, le confinement la protège un peu comme le faisait l'hôpital, le temps ralenti minore ses difficultés, elle se sent adaptée, trouve tout à fait normal de parler aux murs tant qu'ils ne répondent pas, voudrait que ça dure ; tantôt le monde lui fait peur, l'angoisse l'envahit, c'est la fin du monde. Au fond du dénuement, elle touche à une sorte d'affreuse liberté, se sent mauvaise de trouver du confort dans cette situation que tout le monde trouve dramatique, coupable d'espérer que ça dure. Tantôt dans le brouhaha des informations, tantôt dans le silence, ses pensées font un bruit épouvantable qui ne s'arrête jamais. Epuisée, elle ne parvient pas à vivre en paix d'autant que, tout autour n'est que danger et peur. Son niveau d'inquiétude dépend également des aléas de sa mémoire qui lui joue des tours. Elle met dix minutes à trouver la touche de son ordinateur qui va lui fabriquer une virgule, met plusieurs jours à retrouver le nom du type qui jouait avec la fille de l'autre film dont elle a aussi oublié le nom, mais dont elle a l'image de l'affiche et du générique.

Elle ne parvient même plus à se faire une tasse de thé : L'eau mise à frémir est oubliée, elle revient in extrémis quand la casserole est vide, recommence en s'astreignant à regarder l'eau bouillir, met l'eau dans la théière tout en s'occupant d'autre chose pendant que ça infuse ; sauf qu'elle a oublié le thé et rien n'a infusé. Elle recommence à nouveau, avec du thé, revient une heure plus tard, et le mélange noir est tout simplement imbuvable. Contrainte de récidiver, elle s'ennuie fermement à surveiller frémissement et infusion et parvient finalement à boire un thé digne de ce nom. Elle se fait peur !

Elle connait le sentiment d'étouffement, les murs trop proches, l'avenir trop tracé. Plus jeune, avant ses années de prépa, elle avait senti le besoin impérieux de s'enfuir. Le confinement subit révèle et exacerbe ses choix de vie. Elle fulmine à l'idée d'avoir macéré tout ce temps dans une vie qui lui colle aux basques et qu'elle doit continuer à trimballer partout sous prétexte que c'est la sienne.

Les jours lui paraissent interminables alors que les semaines défilent. Aline dépérit littéralement de vivre sous perfusion de l'information. Rassasiée d'info létale pour certains, déprimante pour tous, le besoin de silence et d'air la pousse à sortir de la pénombre et à ouvrir les volets. Surprise par l'absence d'activité humaine, elle écoute le printemps silencieux où seuls les oiseaux chantent. La planète au repos, sans circulation, production, couloirs aériens, lui font penser à des citations apprises il y a bien longtemps : « C'est une triste chose de songer que la nature parle et que le genre humain n'écoute pas- V. Hugo-. On reconnaît le bonheur au bruit qu'il fait quand il s'en va. - J. Prévert - ».

Dans ses pérégrinations sur internet elle tombe sur une vidéo de Lyon filmée par un drone et s'émeut à la vue de tous ces endroits connus : les ponts du Rhône, la place de l'opéra, les quais du Rhône, de la Saône, le skate parc. Même la place Bellecour et l'entrée du tunnel sous Fourvière sont vides, sans âme qui vive, c'est un scénario de fin du monde, -tout au plus, y-a-t-il un humain en tenue de sport qui se comporte comme un rat apeuré ?-.Les images sont belles mais angoissantes.

Privée de ses rituels et des contacts, les injonctions «restez chez vous » « restez prudents » diffusés en boucle sur les chaines d'information entretiennent son sentiment d'insécurité. Aline, foncièrement entreprenante, ne parvient pas à s'appliquer à elle-même des ordres à l'opposé de sa façon d'être ; elle ne sait que se réassurer dans l'action et le mouvement. Alors, elle détourne, -comme quand elle était enfant-, l'interdiction de sortir par les livres et s'enfonce dans ses voyages immobiles. Elle vide littéralement sa bibliothèque à la recherche de souvenirs ; sa vie lui semble être dans ce qu'elle a lu. Comme si elle devait vérifier qu'elle n'était pas folle, trois livres – sans savoir pourquoi ceux-là plutôt que d'autres- deviennent indispensables pour vérifier le fonctionnement de sa mémoire : « La Quarantaine » de Le Clézio, le recueil de poèmes à la couverture de cuir verte d'Emily Dickinson et le recueil « Les fleurs du mal » de Baudelaire à la couverture mouchetée et aux pages écornées couleur grège. Elle croit se rappeler que le récit de voyage de Le Clézio et le confinement qui s'en suit, sont l'histoire d'un grand-père. Elle se rappelle le premier vers du poème d'Emily Dickinson : « Certains suivent le Sabbat en allant à l'église et se dit :

- Je le suis, en restant à la Maison ». Ses similitudes avec la poétesse du 19ème, leur commune attirance quasi exclusive pour les vêtements blancs, la croyance d'avoir trouvé un temps un maître, la vie de cloîtrée en quête d'un monde interne s'imposent. Elle se demande si les ressemblances avec l'auteur sont les siennes ou celles insufflées par sa propre mère. Dans l'interrogation sur son héritage, elle se questionne sur ce qui lui appartient et ce qui revient à ses ancêtres. Jusqu'alors, elle pensait que le blanc, l'intériorisation, la vénération, le devoir étaient des choix libres. Elle se détourne des questions identitaires suffocantes qui pourraient laisser penser à sa contagion pour se servir une Corona bien fraiche et sans virus celle-là, juste une tranche de citron. Elle s'abandonne au spleen de la poésie de Baudelaire dans « le goût du néant », se laisse frapper par le vieux cheval, le printemps et le maraudeur du poème qui la questionne sur l'opposition entre le passé heureux et le présent dégradé ou peut-être l'inverse. Entre peur et audace, elle se demande ce qu'elle va pouvoir faire de ses jours sans toutes les choses du quotidien après lesquelles galoper. Comment elle va patienter ? Les digressions matérielles mettent fin au va-et-vient entre les livres et la rêverie.

Le ménage et le rangement mettent de l'ordre dans ses pensées. Elle se félicite de sa vie de célibat, de cette liberté non partagée. L'idée d'échapper à la co-détention la fait sourire. Pas sûr qu'elle apprécierait Julien, ses chips et son chorizo sur le canapé. A moins que l'activité réduite et le beau temps ne leur aient rendu leur adolescence, qu'ils ne se soient aimés comme des fous, aient fait de nouveaux projets, inventé une nouvelle vie. A moins qu'ils ne se soient déchirés et comportés comme de vulgaires repris de justice qui se disputent le bout de gras. Mieux vaut ne pas savoir.

Aline s'occupe, dérange, range, re-dérange. Derrière l'écran plat, elle se débat avec un embrouillamini de spaghettis cuits qui relient écran plat, box, décodeur, lecteur DVD, téléphone, home cinéma. Elle résiste à l'envie de tirer dessus d'un grand coup énergique pour tout arracher. Une fois qu'elle a bien tout démêlé, elle repousse le tout sous le meuble. Si jamais elle veut se pendre, elle aura largement de quoi ! Elle persiste, déverse sur le canapé le contenu du tiroir du meuble TV. Entre les rallonges trop courtes, les chargeurs de ceci ou cela, les clés USB périmées, les embouts dont elle ne sait pas ce qu'ils connectent, les ampoules et les piles usagées, les modes d'emploi d'électro-ménager depuis longtemps à la décharge, les clés qui n'ouvrent plus rien ou elle ne sait plus quoi, elle trouve deux petites boites de bouts de ficelles et papiers à origami. Elle jette la totalité du contenu du tiroir et conserve uniquement les deux boites précieuses, l'essence même de ce qu'elle est. Elle s'arrête un long moment sur la tâche d'encre violette au fond du tiroir, c'est ce qui manque qu'elle voit le plus, ses quinze ans, ce qu'elle écrivait ne pouvant le dire... Dans la chambre, elle arrive à se faire rire, heureusement que personne ne la voit. Une fois vidées les tables de nuit et tourné le matelas, elle fait le fantôme avec la couette. Elle monte sur le lit, entre dans la housse les deux bras écartés avec dans chaque main un coin de couette. Le plus laborieux reste la sortie. Sur sa lancée, elle trie ce qui est important et ce qui ne l'est pas, débarrasse les étagères des nids à poussière, fait du vide dans la cuisine. Elle s'étonne de devoir jeter une quantité inavouable de nourriture périmée. Ses parents lui ont visiblement transmis la peur de manquer.

-Mais quand est-ce que j'ai pu faire la poussière la dernière fois ? Six mois, l'année dernière ? Ce n'était pas ce que je préférais, c'est vrai que je ne trouvais jamais le temps ou alors, j'avais toujours une bonne raison.

Elle respire comme si elle n'avait jamais respiré, se laisse submerger par un besoin irrépressible de la symphonie concrète de spectacle de rue.

-Je n'en peux plus de rester enfermée !

Elle rédige son attestation dérogatoire avec mention de l'heure de sortie, met son masque maison et part faire des courses de première nécessité.

-Si on m'avait dit qu'un jour je devrais me signer un bon de sortie pour sortir de chez moi !

Elle sait bien que le masque est un protecteur psychologique plus que sanitaire, que l'important c'est le regard approbateur de l'autre qui dit merci. Avec l'arrêt de quasiment toutes les activités humaines, l'air est pur, le ciel est redevenu bleu, le silence entrecoupé de chants d'oiseaux agréable. Pourtant ces heures au goût de sommeil et de vacances n'invitent pas à la fête, elles sonnent creux dans le silence, le petit jardin en bas de chez elle n'est plus qu'une friche échevelée que la mousse et les mauvaises herbes épousent. A l'horizon, elle croit apercevoir le Mont Blanc.

-J'ai envie de me rouler dans l'herbe. Au loin, une écharpe de nuages entoure les tours.

Elle inspire à pleins poumons et avance d'un bon pas jusqu'à sa voiture en priant qu'elle démarre, elle écoute les bruits des arbres, les branches grincent les unes contre les autres.

Au premier carrefour, les forces de l'ordre en vadrouille somment les citoyens de rentrer chez eux. En s'introduisant au supermarché protégé par un cordon de chariots érigé en cordon sanitaire, comme dans un cabinet de curiosité, elle se sent fondre dans un destin collectif symbolisé par des comportements partagés par tous. Elle expérimente à nouveau, outre le mètre de distanciation réglementaire, ce que signifie être seule et ensemble à la fois. Alors qu'elle la joue collective, tout la ramène à sa solitude. Aline affronte avec rancœur la pénurie dans les rayons faute de personnel mais surtout celle due à la peur de manquer - Pourtant, ils n'ont pas connu les rationnements vu leur âge-. Les visages masqués ou affublés d'écharpes en gri-gri de fortune, s'écartent ostensiblement, chacun décrit un arc de cercle pour être sûr d'être hors de portée des gouttelettes et postillons tout en agrémentant son pas de côté d'un sourire contrit, pour signifier que ce n'est pas personnel. Elle a beau savoir avec sa tête qu'elle n'est pas rejetée, son corps ressent le rejet tout en ne faisant pas mieux que les autres. Elle regarde les ados et les personnes âgées de travers, les épaules dénudées et les nombrils déconfinés avec dégoût, les enfants avec suspicion et tous les autres sans aménité. Elle n'avait vraiment pas besoin du virus pour tenir tout le monde à distance. Ce qui lui manque cruellement, ce n'est pas la nourriture dans les rayons, mais des gens qu'elle aime. Par habitude comme si elle était pressée, elle jette quelques denrées dans son chariot et pense que ça n'arrive qu'à elle quand elle trouve les rayons d'œufs et de papier toilette vides. A la caisse, évidemment dans la mauvaise file parce qu'il manque un prix au client de devant, elle pense encore être la moins bien lotie. Sans pouvoir s'en empêcher, elle s'en veut de penser comme ça alors que la planète vit un drame, se dit qu'elle se donne trop d'importance. Elle n'a d'ailleurs jamais entendu personne dire : « j'étais dans la file parfaite, la caissière était top et tout était fluide». Alors qu'elle patiente à la caisse dans les distances de sécurité, elle trouve un os à ronger en la personne d'un monsieur âgé visiblement au bout du rouleau, le caddie plein de papier toilette qui grommelle!

-Mais que peut-il bien faire de tout ce papier ? Le papier cul aurait-il une symbolique que j'ignore ? Laquelle ?

Lasse des autres, elle déballe ses courses sur le tapis roulant en se disant qu'elle est chanceuse et qu'elle pourrait utiliser la distanciation –antisociale- comme une précaution de santé pour ignorer tous les gens qui l'indisposent -c'est peu dire-. Le confinement devient tout à la fois refuge et rempart et l'enfermement la préserve des laideurs. Rentrée dans son perchoir, elle se jure de ne pas ressortir de sitôt, pense que le malheur est monotone, que rien n'est moins spectaculaire qu'un fléau, que l'épidémie est un interminable piétinement qui nivèle tout sur son passage. Le confinement la libère de la pression du regard des autres. Il n'y a personne pour lui faire remarquer sa sale mine, les talons qu'elle ne porte pas, le maquillage qu'elle ne met pas, son manque de féminité, ses ongles trop courts, la couleur qu'elle n'a pas faite, l'épilation qu'il faudrait faire. Sans compter le plaisir à ne plus chercher d'excuses pour s'abstenir de garder un petit voisin, aller à la fête d'untel, fermer la porte aux pseudo copains qui veulent débarquer, dire non aux repas de famille, aux cousins à garder. Enfin le bonheur, elle fait ce qu'elle veut de son corps, sur son balcon, à son rythme, avec une tasse de thé –enfin quand le thé arrive jusqu'à la tasse-.

Elle se laisse arrêter sur le net par un poème ancien de Kathleen O'Mara qui s'avère ne pas être si ancien que ça quand elle vérifie les sources après coup.

Au temps de la pandémie
Les gens sont restés à la maison
Et ils lisaient des livres, écoutaient de la musique,
se reposaient, faisaient de l'exercice,
faisaient de l'art, jouaient à des jeux,
apprenaient de nouvelles façon d'être et d'être encore.
Et ils ont écouté plus attentivement.
Certains méditaient, certains priaient,
certains dansaient.
Certains ont rencontré leurs ombres.
Et les gens ont commencé à penser différemment.
Et le peuple a guéri.
Et, en l'absence de personnes vivant de manière ignorante, dangereuse,
insensée et sans cœur,
la terre a commencé à guérir.
Et quand le danger est passé,
et que les gens se sont à nouveau réunis,
ils ont pleuré leurs pertes, ont fait de nouveaux choix,
ils ont rêvé de nouvelles images
et ont créé de nouvelles façons de vivre,
Et ils ont complètement guéri la terre
comme ils avaient été guéris.

Son penchant féministe actualise le poème de deux vers, même s'ils ne la concernent pas :

Et travaille avec les enfants tout en leur faisant faire les devoirs,
Et cuisine chaque repas pour toute la famille.

Effectivement, ça devrait se passer comme ça. Le covid devrait réveiller les richesses oubliées, celles du cœur, de l'esprit, du respect de l'Autre, de la nature généreuse... Sauf que, pour que tout cela advienne, il faudrait encore être saine, forte et équilibrée. Elle veut y croire mais a des doutes, difficile de cheminer sur des supports délabrés. La peur réveille ce qu'il y a de moins beau, le non abouti, les cicatrices, les déviances, les comportements dangereux. Elle se félicite encore une fois d'être seule !

Le versant râleur enclenché, elle alimente le moulin et embraye sur les "coronathon" qui saturent son téléphone. De la Fondation de France à l'Institut Pasteur en passant par l'Assistance Publique, les hôpitaux de Paris et de Navarre, impossible d'y échapper. Les incitations constantes réveillent sa petite voix intérieure : « je suis grande et je donne à qui je veux ». Elle revendique le droit du choix de l'attitude à adopter ici et maintenant. Et là, elle a envie de donner aux femmes de l'ombre, aux petites mains ; pas à ceux qui ouvrent grand la bouche et crient plus fort que les autres.

Sa pensée politique l'emmène sur le patchwork des pays dirigés par des femmes : Allemagne, Taiwan, Nouvelle Zélande, Islande, Finlande, Norvège Danemark. Toutes ces femmes s'en sortent mieux que les hommes dans le traitement de la crise sanitaire. Leur supériorité n'est pas liée à leur ADN, leur empathie ou leurs œstrogènes. Elles ont tout simplement mis en place des politiques publiques plus efficaces. Il ne s'agit pas de densité de population, de généralisation de tests, de nombre de lits ou de respirateurs, corrélation ne veut pas dire causalité. Tous ces pays dirigés par des femmes ont mis en place des solutions évitant aux habitants de rester confinés deux mois.

Petite, elle a souvent regretté de ne pas être un garçon. Elle pensait qu'un garçon était plus libre, qu'il avait une mobylette, plus de droit, de force, qu'il était moins surveillé, faisait plus souvent ce qu'il voulait. Elle n'est toujours pas convaincue de l'équité homme-femme, même si les progrès sont remarquables et que nous n'avons jamais été aussi bien. Aujourd'hui, elle est fière d'être une femme, ne voudrait pas être un homme et aime et admire foncièrement les femmes. La société, qu'on le veuille ou non, tient entre leurs mains.

Les changements qui s'opèrent en ce moment chez Aline sont à la fois énormes et insignifiants. Sa préoccupation principale n'est plus ce qu'elle attend de la vie mais, ce qu'elle souhaite en faire.

Elle n'a plus envie de se lever tôt le matin ni de se dire que ça va le faire. Elle comprend enfin au plus profond d'elle-même la maxime nietzschéenne « Celui qui a un « pourquoi » qui lui tient lieu de finalité, peut vivre avec n'importe quel « comment » ». Obnubilée par le POURQUOI, elle a envie de l'écrire sur le mur de sa cuisine en grosses lettres comme un graffiti provocateur et revendicateur.

Pour le moment, maigre consolation propice aux rêves, voire à l'affabulation elle tempère ses désirs en se servant, un apéritif. Lui revient en mémoire ses rêves de la nuit passée. Elle se remémore une histoire érotique et réparatrice faite de bric et de broc dont elle ne sait que faire. Une femme libre, ballotée entre deux hommes étonnamment ressemblants à Julien et Athos. Toute chamboulée de par la légèreté et la jeunesse des personnages, elle ressent une irrépressible envie de pleurer, accentuée par la non observance du traitement et l'alcool. Et comme si ça ne suffisait pas, elle replonge dans le recueil des « Fleurs du Mal » resté sur la desserte, puis, suffisamment triste et abattue, rebranche la chaine d'info. Un chiffre, elle ne se rappelle plus lequel ni sur quoi il portait la connecte à ses héros favoris : Superbudget, Spiderembauche, Captain Salaire. Ses amours nocturnes ne font plus le poids. La peur au ventre, alors que le message national prêche le collectif et que la solitude pèse, elle sait qu'elle va devoir s'y coller, se regarder en face alors qu'elle a envie de fuir, tout lâcher, être lâche, irresponsable et individualiste. C'est son tour, son devoir, il parait que les épidémies boostent le changement.

Le bilan

Descendue à l'usine, dans le silence, elle sort tout, la banque, le stock, les impayés, les commandes, le prévisionnel ; récupère le classeur des encours et le cahier des contacts sur le bureau de Mme Sault, celle qui signait PO la Direction pendant son absence.

Il ne lui faut pas très longtemps pour comprendre l'état imminent de faillite. Elle cogite pour éviter le naufrage, compte ce qui doit entrer - les traites des imprimés pour les élections municipales, les prospectus en litige du marchand de peinture voisin, la réédition du prix Goncourt ; elle déduit ce qui doit sortir – charges, salaires, loyer, fournisseurs. Le gros problème reste le carnet de commande désespérément vide. Les aides de l'état, suspensions des charges et les demandes de chômage partiel pour les employés ont été faites, il n'y a plus rien à gratter de ce côté-là. Elle cherche sans vraiment savoir quoi, dans son tiroir de gauche, celui des Kleenex, lunettes, bonbons, bricoles en tout genre ni à garder ni à jeter. La carte dont elle ne se souvient ni du nom ni du logo s'impose, elle la reconnait immédiatement. A l'époque elle avait pensé : cours toujours tout en la conservant au cas où, -conditionnement familial oblige- ! Aline se souvient parfaitement des sentiments de l'époque, et pour cause, il incarnait tout ce qu'elle détestait : La quarantaine supérieure et aboutie, pleine de certitude, parfait commercial qui vendrait père et mère, imbu de sa personne, persuadé d'avoir du charme qu'il n'a pas. Elle se rappelle qu'il lui avait proposé un prix exorbitant de l'usine en pensant l'impressionner, à moins qu'il cherchât à l'humilier en lui faisant sentir qu'il ferait mieux qu'elle, qu'elle n'avait pas l'étoffe. Vexée, et plus encore, elle avait refusé et l'avait éconduit en pensant quel con. A l'époque, la proposition malhonnête lui avait servi de défi. Il allait voir ce qu'il allait voir ! Quelle conne ! Elle s'était mise dans l'idée de prouver, non sans fierté, à ce mâle dominant de quelle étoffe elle était faite. Comme si ça lui importait. Aujourd'hui la fierté est le cadet de ses soucis.

Serait-il encore acheteur ?

Elle s'imagine un instant libre, s'autorise à rêver prendre le camping-car, peut-être même avec Julien, à moins que ce soit Athos. Elle se ravise rapidement, honteuse et se détourne des frivolités pour penser aux employés, ses bébés, ses frères, sa dette. Ce qu'elle veut par-dessus tout, c'est zéro licenciement. Elle saisit la carte, évidemment aux lettres d'or sur fond noir, laisse un message sur le répondeur.

L'Antonio en télétravail rappelle rapidement. Le premier rendez-vous en téléconférence se passe bien, il a les tempes grisonnantes et quelques rides autours des yeux. Heureusement, le plan de la caméra lui épargne la vue d'un ventre qu'elle suppose rebondi. Elle ne s'étonne pas de son environnement. Derrière lui, brille un cadre or et des boiseries miel. Elle se dit qu'il est dans son jus, exactement dans l'environnement qu'elle lui attribuait.

L'Antonio, peu habitué à la transparence des propos d'Aline est surpris qu'elle ne veuille pas tirer un meilleur profit de l'entreprise. Il pense qu'il y a anguille sous roche, qu'elle pourrait avoir des choses à se reprocher, un passif comme il dit ! L'empressement d'Aline ajouté à sa propre parano le rendent suffisamment suspicieux pour faire son enquête et demander un délai. Le manque d'activité, l'espérance du rebond de la sortie accélèrent pourtant les tractations. Ni elle ni l'Antonio n'ont mieux à faire. A peine un mois après le premier contact, il la rappelle et offre 0,8 % du chiffre d'affaires annuel pour l'achat de l'entreprise. Elle essaie de cacher sa joie. Un million d'euros, elle n'en espérait pas tant. Il lui adresse par mail une promesse d'achat et lui donne rendez-vous pour signer la transaction le 15 mai 2020.

Elle se délecte de sa prochaine liberté. S'imagine tout ce qu'elle n'a pas fait et qu'elle souhaite faire, enseignements et formations, découvrir le monde, lire tout ce qu'elle n'a pas eu le temps, aller où elle veut. Elle imagine une journée idéale, sans contrainte, uniquement pour elle. Le rêve, idyllique.

Peut-être trop, trop loin du réel. Sans savoir ni pourquoi ni comment, le profil de guerrière se réveille et l'envie de contrer l'Antonio s'impose. Sous prétexte que le temps de l'injonction et de la productivité est terminé elle ne peut quand même pas faire n'importe quoi ! Ce n'est pas ce qu'il y a de plus noble chez elle, mais elle est rancunière et lui garde un chien de sa chienne. Et puis, elle n'aime pas du tout son caractère suspicieux, sa façon de la faire passer pour quelqu'un qui aurait quelque chose à se reprocher. Elle ne peut pas, il faut qu'elle gagne du temps, qu'elle trouve une solution.

Les cogitations intenses alternent avec de longues périodes d'abattement où elle n'arrive plus à rien. Nada. Pourtant, elle se répète qu'elle devrait profiter de ce temps pour faire toutes les choses qu'elle n'a pas faites. A la moindre occasion, son regard s'échappe vers son téléphone à la recherche d'un improbable sms qui lui fait oublier ce qu'elle cherchait à faire l'instant d'avant, comme si un coup de vent avait soufflé une bougie. Elle se traine du canapé à la cuisine et de la cuisine au lit, termine difficilement une page ou un article, les entrecoupe de plusieurs tentatives de sauvetage désespérées sur Facebook ou Messenger, aussi peu rassurantes qu'un fer à repasser. Renseignée sur : qui reste en pyjama et qui s'habille, qui fait des masques et n'en fait pas, qui s'est découvert une âme de joggeur. Elle n'en sort pas plus avancée… Aline en vient à se demander si son soit disant burn-out n'avait pas pour origine le covid. Maintenant que les tests sérologiques sont disponibles en laboratoire sur prescription médicale, elle se promet d'aller se faire tester. Pour finir le travail de sape des réseaux sociaux elle se connecte aux chaines d'information qui ressassent en boucle les frasques des personnalités. Le discours économiste et rentabiliste du président des « Etats-Uniques » la hérisse. Elle ne doit pas aller si mal, elle se surprend à rejouer avec les mots : Elle a eu sa Coronadose, « surdose médiatique de mauvaises nouvelles qui entraine la panique » ; entendu trop de Covidiot, « personne qui ignore les conseils de santé publique ». Ses pensées lubriques s'arrêtent sur les Coronials, « génération future de bébés conçus ou nés pendant la quarantaine du coronavirus. A moins qu'on leur préfère génération C ? » Le canard américain lui fait passer le cap. Elle ne vendra pas l'entreprise à l'Italien, il ne la mérite pas. Elle doit terminer en beauté. Elle se souvient alors avoir rencontré à un vernissage au musée d'art contemporain une Avocate, Maitre Seignosse avec qui elle avait bien accroché. Elle était spécialisée dans les entreprises en difficulté. Avant de l'appeler et afin de murir le projet qu'elle a derrière la tête, elle prend la température auprès des salariés et les appelle individuellement.

L'humain

La difficulté à figé les contours du vivant et la conscience ainsi que la difficulté à résumer l'individu dans une formule, pousse Aline vers une soif jamais assouvie de l'autre.

Le vieux Jean - c'est tout relatif- j'exagère, il n'a que 45 ans. Il a été embauché par mon père. Célibataire avec un adolescent de dix-sept ans, il a peu de marge de manœuvre, il fait toujours des plans pessimistes sur la comète. Un tantinet parano, il n'en est pas moins touchant et intéressant. Ses réflexions poussées à l'extrême me donnent du grain à moudre. Pour l'appeler, il faut avoir du temps devant soi ! Je me lance, ce sera fait.

-Bonjour Jean c'est Aline. Je suis rentrée et je viens prendre de vos nouvelles.

-Vous nous avez manqué, comment allez- vous ?

-Je vais bien merci et vous ?

-Oh moi, ça va, je fais partie des 12% de français qui n'ont ni balcon ni terrasse mais qui n'attendent pas le déconfinement comme les époux Balcany devant un programme de défiscalisation. Si mon fils ne se trainait pas du canapé au frigo et que je ne craignais pas de voir se développer le contrôle numérique de masse, je souhaiterais même que ça dure. La liberté n'a pas de prix, même si c'est au détriment de l'efficacité sanitaire. Vous allez me dire qu'ils font ça pour notre bien. Je suis d'accord, le projet est difficilement attaquable sur le fond, mais je ne peux pas céder sur le principe. C'est lamentable de se servir du stop Covid pour culpabiliser le citoyen sur son manque de modernisme et son absence de détermination à sauver ses semblables. Le covid occupe mes nuits. Il m'amène à me poser des questions métaphysiques sur la valeur de l'existence. Pourquoi vivre si l'on n'est pas d'abord libre ? Le concept de liberté au-dessus de tout m'interroge sur les liens entre risque, sécurité et mort. Je constate un rapport constant entre sécurité et liberté, augmenter l'une, c'est diminuer l'autre dans les mêmes proportions. Vous savez bien que s'ils viennent à bout du virus maintenant qu'ils l'ont implanté, il y a peu de chance qu'ils exterminent la connerie et, si on laisse entrer le tracking, pour quelque bonne raison que ce soit, on ne fera jamais marche arrière. A tout prendre, je préfère le confinement.

Je m'inquiète surtout pour mon fils. Vous savez qu'il n'a pas choisi la voix facile, en tant qu'intermittent du spectacle, cette année, c'est sûr qu'il n'aura pas ses 507 heures annuelles pour bénéficier du droit au chômage. Je n'aime pas l'idée qu'il retourne dans la rue. Sans compter qu'il faut que j'assume pour le nourrir.

Vous voyez, je n'ai pas changé, je suis toujours en colère. Ils sont forts ces chinois, ils fabriquent le virus, les médicaments, le vaccin et maintenant les masques. Personne n'a voulu m'écouter, maintenant que la Mireille est morte, comme des milliers d'autres, ils font moins les malins. Encore des politiques et des laboratoires qui veulent s'en mettre plein les poches. Nostradamus l'avait prévu la grande épidémie du XXIème siècle, on ne peut pas dire que c'est le hasard. Ça ne vous étonne pas vous que ça arrive en pleine réforme des retraites et en queue de cyclone de gilets jaunes. C'est quand même bien vu comme moyen pour faire taire le peuple. Moi je dis ça, je dis rien !

Pour résumer l'impasse, si vous avez compris tous ces charlots, tant qu'on n'a pas attrapé le covid, on n'est pas immunisé et, tant qu'on n'est pas immunisé, on est confiné et, le 11 mai on déconfine pour l'attraper et pour être immunisé. Et là, on sera testé si on l'attrape pour savoir si on est bien immunisé pour ne plus être confiné ou pour être re-confiné si on est contaminé. C'est clair non ?

Jean a perdu Aline, plus ou moins volontairement. Il aime jouer son intelligent. Elle lève les sourcils, n'en peut plus, voudrait le faire taire mais n'a pas la force pour lui donner la réplique. Avant d'imploser, elle le coupe :

-Je voulais vous dire quelque chose d'important : comme vous êtes le plus ancien, je voulais que vous soyez le premier informé. C'est un peu rapide mais je n'ai pas le choix. Je vais vendre l'entreprise, pour des raisons de santé. Je n'ai pas le covid. Mon idée est de vendre aux salariés. Je ne vous demande pas de répondre immédiatement mais d'y penser. De toute façon, ça ne marche que si vous êtes tous d'accord. Je veux juste que vous y réfléchissiez. Les aspects financiers, on verra ça plus tard, on se fera conseiller. Ce que je vous demande, c'est de vous positionner sur la possibilité ou non de faire marcher l'imprimerie et d'en vivre avec vos collègues. Je prévois de faire une réunion dématérialisée sur Skype la semaine prochaine avec tous les salariés ainsi que l'avocat et le fiscaliste pour amorcer le projet. A l'issu de la réunion on en saura plus. Aujourd'hui, rien ne dit que le projet ira au bout, mais j'ai envie d'essayer. Ça va dépendre de chacun de nous et de la volonté d'aboutir. Quelle que soit la position que vous ayez, je compte sur vous pour penser groupe, solidarité.

Je vous rappelle pour vous donner la date de la réunion. Merci à bientôt

-Bon ok on fait comme ça alors. Merci au revoir.

Et de Un, plus que douze.

Aline n'est pas très fière d'avoir joué sur le fil de la santé. C'est pourtant ce qui lui a paru socialement le plus acceptable. Gamine, il n'y avait que cette raison qui la dispensait d'école. Elle ne peut quand même pas leur dire qu'elle croit de moins en moins à la valeur travail, du moins à la forme actuelle, celle qu'elle a empruntée toute sa vie. Ne pas jouer franc jeu ne lui ressemble pas, elle est mal à l'aise et se jure de trouver une forme de compensation dans la négociation.

La Comptable, Mme Sault, elle aussi embauchée par le père il y a bien longtemps. En âge de prétendre à la retraite, elle est encore très active et dynamique, je ne serais pas étonnée qu'elle soit favorable aux prolongations. C'est elle qui signait PO pendant mon absence

-Bonjour Madame Sault, c'est Aline. Je viens vous prévenir que je suis rentrée. Je voulais vous remercier d'avoir fait ce qu'il y avait à faire au pied levé pendant mon absence. Ça n'a pas dû être simple.

-Vous savez, je n'ai pas fait grand-chose, les choses se sont un peu faites d'elles-mêmes, j'ai su demander de l'aide et j'ai mis en forme. J'ai été aidée par ma fille, responsable des ressources humaines d'une grande entreprise. C'était l'occasion d'être en contact avec elle presque tous les jours. A chaque fois que j'avais une question je lui demandais quoi écrire. Et, comme elle l'avait fait avant moi, je bénéficiais de son savoir. Elle m'a même adressé en off les communiqués de son entreprise pour que je m'en inspire. Je l'ai fait en toute confiance car les juristes étaient passés avant. Elle m'a mise en garde sur les difficultés, dit comment il fallait négocier pour la prise de congés. Moi qui étais plutôt frileuse avec internet, j'ai bien été obligée de me familiariser avec la DIRRCCTE Rhône-Alpes, j'ai fait toutes les déclarations de chômage en ligne. Il ne vous reste qu'à remplir nominativement à chaque fin de mois jusque fin juin, le temps réel travaillé. Dans votre cas ce n'est pas très difficile puisqu'il est à zéro et que nous n'avons pas mis de télétravail en place. J'ai mis tous les mots de passe dans mon carnet bleu. Si vous voulez je peux venir -masquée évidemment et en maintenant les distances de sécurité- vous expliquer ce que j'ai fait.

-C'est très gentil mais je ne suis pas très à l'aise de vous faire venir travailler alors que vous êtes officiellement au chômage. Par ailleurs, il n'est pas utile de prendre des risques. Nous attendrons le déconfinement. Pour l'instant je vais essayer de me débrouiller et si je rencontre des difficultés et si vous êtes d'accord je me permettrai de vous appeler au secours.

-Bien sûr, ce sera avec plaisir. Surtout ne vous gênez pas car je n'ai pas grand-chose à faire, le temps est un peu long.

-Je n'y manquerai pas, promis. Et vous, comment vous allez ?

-Je vais bien mais mes enfants sont loin, je suis un peu désœuvrée. J'ai l'impression de ne servir à rien, d'attendre la mort. Ça me déprime. J'avais mes petites habitudes, la semaine le travail et dès le vendredi midi, la préparation de la venue des enfants et des petits enfants. Entre les courses, les préparatifs de la maison, les repas j'étais très occupée. Là je fais le repas pour deux, on mange comme des oisillons, on fait la sieste et on recommence le lendemain. Pas très palpitant, vivement que ça se finisse et que je retrouve mes habitudes. Heureusement que j'ai découvert les livres audio, ils m'aident à passer le temps. Actuellement je suis dans les lettres de Madame de Sévigné à sa fille lues par Juliette Greco. Sur fond de clavecin, sa voix douce me console et m'arrache le cœur en même temps ; elle parle d'une douleur impossible à dépeindre. Je me reconnais dans la souffrance de la séparation, le regret de l'absence, le manque. Je partage ses sentiments, tout simplement parce que j'ai aussi une fille et que nous avons des douleurs et des passions communes. La lecture permet de m'évader et comme je n'ai pas très bonne vue le livre audio est un bon compromis.

-Je ne suis pas connaisseuse des livres audio, j'étais résistante en raison du risque qu'ils faisaient encourir à l'imprimerie. Je vais regarder ce qui se fait.

-Autrement, je ne fais pas bien mieux.

-Je voulais vous prévenir que j'étais en train d'organiser une réunion conférence sur Skype avec tous les salariés pour faire le point sur la reprise. Je compte sur vous. Vous avez Skype ?

-Non mais ne vous inquiétez pas, je demanderai à ma fille de m'installer l'application.

-Je vous préviendrai de la date et heure de la réunion mais on s'appellera d'ici là pour envisager les modalités.

Je vous laisse car je dois appeler les autres. A très bientôt et encore merci

-Merci à vous, prenez soin de vous et surtout n'hésitez pas.

Et de deux, plus que onze.

Au tour de Sophie, la petite trentenaire bien élevée, je l'aime bien.

-Bonjour Sophie c'est Aline. Je viens prendre de vos nouvelles.

-C'est gentil mais vous ?

-Je remonte la pente et récupère doucement.

-Ben moi, ce n'est pas la grande forme, beaucoup de changements, depuis la fermeture de l'usine. Pour faire simple, j'ai plus de travail, plus de copain, plus de maison. A part ça tout va bien ! Vaut mieux en rire.

Mon copain m'a plaqué et je me retrouve comme quand j'étais étudiante, colocataire d'un jeune homme qui s'avère alcoolique. Je ne suis pas rassurée, je l'évite le plus possible, je me carouble dans ma chambre et attend le matin pour aller aux toilettes de peur de le rencontrer ivre. Souvent, au matin la cuvette des WC sent le vomi, ça me dégoute. Je ne méritais pas ça, je n'ai vraiment pas de chance, même pour trouver un colocataire je me goure. Qu'est-ce que je peux faire ?

-Tu lui as parlé ?

-Je vais le faire quand il aura une fenêtre de sobriété. Je crains de devoir patienter, comme le déconfinement !

-Ton copain te manque ?

-Je sais pas bien, j'ai beau savoir qu'il a fait ce que j'aurais dû faire depuis longtemps, je lui en veux de ne pas avoir attendu, de l'avoir fait quand c'était nécessaire pour lui sans prendre en considération à minima mes propres besoins. Vous me direz, rien de nouveau.

Vous savez, juste avant que vous me donniez ma chance à l'usine, j'avais fait une formation diplômante de six mois financée par pôle emploi en industrie graphique imprimerie. On en avait beaucoup parlé en amont, je lui avais demandé des concessions et il était d'accord. Il n'a jamais tenu ses engagements et m'a reproché de l'avoir délaissé alors qu'il n'avait pas eu de scrupules à maintes reprises par le passé à ce que je le soutienne matériellement, financièrement, affectivement. Tous pas pareils, une femme ne vaut pas un homme ! Il dit que ce n'est pas ça, qu'on n'avait pas le même âge. C'est vrai que pendant la formation, je me suis accrochée, j'ai délaissé le prince de la maison en l'obligeant à devenir un grand garçon et faire plus de choses. La formation m'a ouvert les yeux sur une relation inéquitable, un partenaire individualiste et égoïste qui ne voulait rien entendre ni changer. Le pire c'est qu'il me manque, j'accepte la séparation mais pas la manière. J'étais aveugle, je ne sais pas ce que j'attendais, je devais croire au miracle. Je voyais bien qu'il s'octroyait tous les droits et moi les devoirs ! Je m'en veux d'avoir perdu du temps, de m'être accrochée. Il m'a fait partir, sans même vouloir m'aider pour le déménagement et sans demander comment j'allais faire. Le jour du déménagement il était en week-end.

-Je comprends, c'est une période encore plus difficile pour vous. Au moins, vous n'êtes pas malade, ni personne de vos proches ?

-Non non ça va de ce côté.

-Je suis sincèrement désolée pour vous. Si vous le permettez, je voudrais vous parler de quelque chose. Vous avez un instant ?

-Je n'ai que ça du temps !

-Il n'y a pas d'obligation, je comprendrais votre refus ou manque d'intérêt, je peux vous rappeler aussi plus tard si ce n'est pas le bon moment. Sentez-vous libre. Vous voulez que je vous rappelle plus tard ?

-Non, allez-y, pas de problème.

-Voilà, Je souhaite vendre l'entreprise pour des raisons de santé. Mon projet est de la céder aux salariés. Je voudrais anticiper le déconfinement et organiser une première réunion de reprise -à tous les sens du terme- sur Skype avec un tchat, tout le monde participerait, j'y serais aussi avec l'expert-comptable et un avocat. Je préviendrai par messagerie du jour et de l'heure. J'appelle tout le monde car je souhaite la présence de tous.

Vous pensez pouvoir vous libérer ?
-Vous pensez bien que oui, vous pouvez compter sur moi, j'y serai. Je vous dois bien ça. Vous m'avez fait confiance alors que j'étais au chômage après ma formation. Je n'avais que des refus par manque d'expérience et vous, vous m'avez accueillie comme une mère, pas pour ce que je savais faire mais pour mon envie. Je suis fauchée comme les blés mais pour un projet comme ça je pourrais me permettre de solliciter mes parents.
-N'allez pas trop vite, on n'en est pas là. Ce ne sera peut-être pas nécessaire, chaque chose en son temps.
-J'aime mieux prévoir. Au moins, maintenant, j'ai une bonne raison de supporter mon colocataire. Je sais pourquoi je fais des économies. Je vais commencer par arrêter de rêver de mon appartement de célibataire avec balcon car je crois que je vais devoir différer. En tout cas ça me fait du bien d'y penser.
-Comme vous voulez, si ça vous fait du bien. Merci. Relevez bien vos messages.
-Ok, à bientôt, merci.
-Je vous laisse, je dois appeler les autres. Je vous tiens au courant. Merci, bonne journée.
-Cette fille est un rayon de soleil. Si j'étais un garçon je la draguerais.

Et de trois, plus que onze.

Solène, elle aussi je l'aime bien. Sa situation de handicap lui confère une place particulière. Elle peut être un atout pour les subventions ou les aides. Je croise les doigts !

-Bonjour Solène, c'est Aline. J'appelle pour prendre des nouvelles. Comment ça se passe le confinement ?

-Vous savez, pour nous, le confinement c'est toute l'année, alors celui-là, c'est un peu le confinement de luxe. Nous avons trop souvent frôlé la mort pour ne pas apprécier chaque instant comme un bien précieux. Que demander de mieux : Pas de soucis de santé et de visite hebdomadaire à l'hôpital, le jardin, le BBQ, les enfants et le beau temps. Plutôt inespéré non ? Une vraie fabrique à souvenirs ce confinement ! L'abstraction de la pression du monde extérieur nous fait du bien, on voudrait que ça dure. On se suffit largement à nous même, on vit en autarcie, on vide le congel. Sans la pression sociale, tout va bien. Il n'y a bien que les enfants qui commencent à trouver le temps long. Heureusement ils sont créatifs. Ils se sont lancé un défi sur Instagram qui les a tenu 45 Jours ; c'est addictif mais on arrive au bout.
-C'était quoi ce défi ?
- Oh, les deux grands sont passionnés de sketching, sketchnote et calligraphie. Sur leur page Facebook ils proposent chaque jour une idée à illustrer et ne comptent par leur peine pour diffuser conseils et techniques en lignes sur YouTube. Ils proposent quotidiennement de mettre en

symbole une idée. Ça va de : la chasse aux idées, un bestiaire en folie, l'apocalypse capillaire, Pâques au balcon, à un geste pour la planète. Ils reçoivent plusieurs centaines de messages. C'est chouette. Même nous, c'est devenu le rituel, tous les matins, on regarde le nombre de messages, on se réjouit à chaque centaine atteinte. C'est toujours étonnant avec une même consigne les chemins que peut prendre la créativité ! On se satisfait de pas grand-chose mais c'est très agréable.

Aline interprète le bien être de Solène comme un « foutez-moi la paix, laissez-moi sur mon île ». Le déconfinement risque d'être douloureux. Difficile d'enchaîner dans ces conditions. Ne pouvant se dérober elle déroule franco la leçon apprise :

-Je voulais vous dire quelque chose d'important. Vous avez cinq minutes à me consacrer ? Je vous demande de m'écouter sans me couper car c'est pas facile :
Mes soucis de santé m'amènent à vendre l'entreprise, vous savez ce que c'est, ce n'est pas à vous que je vais expliquer. Je suis trop fatiguée pour continuer. Mon idée est de vendre aux salariés. Ça ne marche que si vous êtes tous d'accord et je ne te cache pas que vous avez du poids dans la structure du fait de votre situation. On peut surement bénéficier d'aides ou de subventions. Je ne vous demande pas de répondre immédiatement mais d'y penser. Je veux juste que vous réfléchissiez sur le principe. Pour les aspects financiers, on se fera conseiller et je souhaite que ce ne soit pas un critère rédhibitoire. Ce que je vous demande, c'est de vous positionner sur l'idée d'association avec les collègues. Je prévois de faire une réunion dématérialisée semaine prochaine sur Skype avec tous les salariés, l'avocat et la fiscaliste pour amorcer le projet. A l'issu de la réunion on devrait avoir des pistes pour que je cède la main.
-Oui oui. Vous avez bien réfléchi ?

- Je n'ai aucun doute.

- Ok, je vais y penser et en discuter en famille. Par contre, si je peux me permettre, votre proposition n'est peut-être pas la meilleure, vous allez y perdre. N'auriez-vous pas intérêt à vendre à un groupe ou au plus offrant ?

- Tout n'est pas qu'affaire d'argent. Je vous laisse, je dois appeler les autres. Je vous tiens au courant par messagerie. Merci, bonne journée.

Et de quatre, plus que dix.

Rachelle, la grande rousse aux yeux verts. Il n'y a bien que par les cheveux que l'on se ressemble. Elle est aussi apprêtée et mise en valeur que je suis je m'en foutiste. Rachelle, c'est une gravure de mode permanente avec son manteau vert pomme et sa crinière, sa façon de balancer sa chevelure, de faire des grands mouvements et de jouer avec ses mains aux ongles peints. Elle aurait dû faire du cinéma.

-Bonjour Rachelle c'est Aline,
- Super que tu m'appelles, tu vas mieux ?
- Oui oui merci et toi ?
- Nous ici ça va, on manque de spectateur, on s'ennuie un peu. On a plus notre cour ! Non je rigole. Mais quand même, deux dans l'appartement, 24-24 c'est quasi de la co-détention. En plus, comme tu te doutes, je suis première de corvée et crois-moi, je n'ai pas la reconnaissance ni les honneurs d'un Frison Roche. J'aimais mieux sortir avec les copines, le shopping. Là c'est un peu triste, on n'a rien à faire ni à se dire, d'autant plus que Pierre broie du noir.
Je nous fais penser à la scène cultissime de Godard dans Pierrot le fou : « Qu'est-ce que j'peux faire ? J'sais pas quoi faire ».
Je ne sais plus comment l'occuper, il ne sait rien faire tout seul, il faut que je lui tienne la main. Le bénéfice : ça fait un mois qu'il ne m'a pas fait de scène de jalousie ni demandé où j'allais habillée comme ça ! D'accord, depuis un mois, je ne fais pas beaucoup d'effort, je privilégie le look ado, leggings et sweat capuche.

-Je ne te crois pas un instant, je suis sûr que tu es encore tirée à quatre épingles.

- Pas du tout, je ne ressemble plus à rien, on dirait Agnès Varda avec ma tignasse vanille chocolat. Vivement que les coiffeurs reprennent du service. Avec les masques, je ne peux même pas mettre ma bouche en valeur ni même mettre du fond de teint ; tu vas me dire, comme ça je fais des économies.

-Et pour le reste, tu n'es pas trop inquiète ?

-Pierre oui, mais moi non, il me dit que ça va être pire que la crise de 2008, pour un peu il remonterait à celle de 29, il ne manque pas une occasion pour me faire la grande scène du deux, me dire qu'il a mangé son pain blanc, qu'il ne pourra jamais rebondir à l'âge qu'il a... Il vient d'accroché dans le dressing une amulette de Saint Roch le guérisseur ; tu me diras, ça ne peut pas nous faire de mal. Plus embêtant, il s'abreuve des prophéties qui s'appuient sur des calculs savants où intervient l'année, le nombre de morts, les mois déjà écoulés avec le virus, la comparaison avec les chiffres des autres épidémies. Par le passé, il jouait au tiercé, c'est un peu pareil. J'ai beau me dire que ça l'occupe, pendant qu'il fait ça il me laisse tranquille, j'ai un peu de mal. D'autant plus que ça me rappelle ses années turfiste de nos débuts. Il étalait tous les journaux sur la table de la cuisine pour se faire une idée, griffonne des pages et des pages et conclure par une certitude. A l'époque des courses de chevaux ça le rendait euphorique, aujourd'hui il en sort plus souvent pessimiste.

Je ne crois pas un instant à toutes ces histoires, il s'en sortira mieux que les autres. Avec le bagout qu'il a, un vrai chat, il retombera sur ses pattes. Je lui fais confiance, il vendrait des nuggets à un végétarien. D'ailleurs son laboratoire est déjà sur la meilleure formule à adopter pour un fond de teint qui ne tache pas les masques. Ils lancent les chaines de production pour des produits d'hygiènes pour les irritations et points noirs autour de la bouche.

Le côté positif de la situation c'est qu'elle nous oblige à faire plein de choses que l'on délaissait. Comme, ranger et trier le garage, les placards, préparer des sacs pour la déchèterie, reprendre contact par téléphone avec tous les copains et amis que l'on n'avait pas appelé depuis des lustres. On s'est mis à jour des cancans et on est prêts pour une grosse fête de déconfinement en juillet, un peu comme au moyen âge les orgies pour fêter la fin de la peste.

Je parle, je parle et toi, tu ne t'ennuies pas trop ?

-Non pas du tout, j'ai beaucoup à faire, avec la paperasse pour l'entreprise, ça ne va pas se faire tout seul, je n'ai pas une minute à moi. D'ailleurs, je voulais te parler de la reprise. J'ai une demande à te faire. Si je partais, tu resterais ?

Long silence

-Tu comptes vendre ?
- Peut-être, je ne sais pas encore.
- Mais pourquoi ? le covid t'as tué ?
- Un choix murement réfléchi.
- Mais le nom de ta famille
- Je sais
- Ah bon !
Tu sais, je viens travailler essentiellement pour toi et mes collègues, mon salaire c'est de l'argent de poche. Je suis la gosse qui va à l'école pour les récréations. Quand j'étais petite, j'avais horreur du violon et j'ai pratiqué dix ans, juste pour être avec mes copines. Financièrement même si Pierre doit changer de boulot, on n'est pas à la gamelle et je pourrais ne pas travailler.
Je ne peux rien te promettre, il faut que je réfléchisse.
-C'est bien normal, je comprends.

Si je vends et que c'est vous, l'équipe, qui êtes aux commandes ça changerait quelque chose pour toi ?

- Comment ça ?

- Je ne sais pas encore comment, il y aura une réunion dématérialisée par Skype la semaine prochaine pour vous écouter en présence du comptable et de la juriste et pour présenter les différentes possibilités. D'ici là, la seule question à laquelle je veux que tu réfléchisses c'est : Est-ce que tu fais partie du bateau ? Pour être tout à fait honnête je n'envisage ce projet que si tout le personnel, je dis bien tout, est partant. Autrement je serai obligée d'envisager une autre solution. Je te laisse, je suis un peu pressée, je dois appeler les autres. Je te tiens au courant par messagerie pour la date et l'heure de la réunion. Merci, bonne journée.

- Bye

- Bye prends soin de toi

Et de cinq, plus que neuf

Sophia, un gros morceau. Elle ne digère pas la quarantaine sans enfant. Avec son pet de travers continuel elle en veut à la terre entière d'être moins ci ou cela que les autres. Elle en trouve toujours un mieux loti qu'elle. Je crains que l'isolement n'ai rien arrangé.

-Bonjour Sophia, c'est Aline, je viens prendre des nouvelles.
- C'est gentil, il n'y a bien que toi qui t'inquiète. Je n'ai pas la chance d'une Rachelle, moi, je ne me fais pas entretenir.
Je me demande comment ça va tourner ?
- Personne ne sait.
- Ce qui m'horripile c'est cette sortie de crise. On dirait que les Français n'ont rien appris, des gamins irresponsables qui pensaient que la médecine empêchait de mourir. En tout cas, moi je déteste être considérée par les biens pensants et pseudo experts dont on ne sait pas d'où ils sortent pour une irresponsable. On peut quand même se demander pourquoi la France n'a pas utilisée ses instances, notamment la haute autorité de santé et préféré faire appel en urgence à des rigolos pseudo experts dont certains n'ont même jamais rien publié.
Après ce que l'on vient de traverser, on a bien dû apprendre quelque chose quand-même. Pour sûr, tu vas voir que question vacances d'été les routes d'alsace ne seront pas embouteillées, ils vont tous s'agglutiner sur les bords de l'atlantique et de la méditerranée. Avec un peu de chance, quelques-uns tout au plus essayeront de contaminer la Corrèze et la Lozère. Peu de chance qu'ils soient suffisamment nombreux pour dégorger l'Ouest et le sud de la France. Ça ne va pas être joli.

- Tu as peut-être raison. Mais, moi j'ai envie de leur faire confiance. Comme tu le dis, ils ont dû apprendre quelque-chose. A part ça, tu vas comment ?

- Mes conditions de vie sont encore très altérées par le voisinage. Mon immeuble est une passoire phonique. Je me bats avec mes voisins bruyants. Avant, ils étaient au travail, je ne les entendais pas mais là, ils n'arrêtent pas de marcher dans l'appartement, de faire du bricolage, de chanter et j'en passe. C'est insupportable. Je fais aussi ma petite enquête sur les voisins d'en face, ils ne sont pas nets. J'ai fait un courrier au bailleur social.

- L'année dernière, tu n'avais pas eu un problème d'infiltration d'eau ?
- Si, si ça a duré trois ans et j'ai toujours des moisissures sur le mur de la salle de bains. Et puis, ce déconfinement, c'est n'importe quoi. Je n'étais pas angoissée jusque-là, mais je le deviens.

- Et ta santé ?
- Je n'ai pas encore de problème, ça ne devrait tarder avec la chance que j'ai. Je pourrais me faire tester, je suis prioritaire du fait de mon poids. Faisant partie de la population à risque de développer une forme grave il parait que la sortie du confinement devra être encore plus progressive. Tu vas voir que les gendarmes vont s'équiper de balances.
Sophia démoraliserait un régiment, plus la conversation avance plus Aline s'alourdit comme si elle prenait un peu de son poids sur ses épaules. Pourtant, elle n'est pas méchante, elle demande juste de l'attention. Entre deux respirations, Aline se lance :

-J'ai quelque chose à te dire d'important. J'organise semaine prochaine une réunion par Skype, je te donnerai l'heure et le jour par messagerie quand il sera arrêté. C'est une réunion pour savoir comment on va reprendre à l'usine après le confinement. C'est important que tu sois présente, la réunion ne pourra avoir lieu que si tous les employés sont présents. Elle sera animée par le comptable et la fiscaliste. J'y serai aussi. Je peux compter sur toi ?

-Oui, bien sûr mais je peux en savoir plus ?

- A ce stade, je n'ai pas grand-chose d'autre à dire. Seulement que des raisons médicales, me font envisager la vente de l'entreprise. Je souhaite anticiper afin que ça se fasse dans les meilleures conditions possibles. Voilà tu sais tout.

- Ah ben merde, il me manquait plus que ça !

Si ça peut arranger tout le monde, sache quand même que mon poids donne la possibilité pendant le plan sanitaire d'un arrêt de travail à titre préventif. Si pour une fois mon poids pouvait servir à quelque chose et à quelqu'un !

- J'entends merci. Je vais tacher de faire sans et de rester optimiste, c'est mieux pour tout le monde. Il va falloir que vous me fassiez confiance. Je te laisse, je dois appeler les autres. Je te tiens au courant par messagerie. Merci, bonne journée.

Bye

- Au revoir

Et de six, plus que huit

Edwige, une chic fille embringuée dans un système de réparation perpétuel qui la met dans des situations impossibles. Elle essaye toujours d'arranger tout le monde en quête d'approbation. Il faut qu'on l'aime. Dieu sait dans quel état je vais la trouver.

Quand faut y aller faut y aller, espérons qu'elle ne soit pas alcoolisée ! Si elle parle avec une savate dans la bouche, je raccroche.

-Allo Edwige, c'est Aline, je te dérange ?

- Non pas du tout, j'allais sortir ?

- Si tu veux, je te rappelle ?

- Non non, s'était juste ma balade d'une heure autorisée. Ça peut attendre.

- Ok, qu'est-ce que tu fais à part ta balade quotidienne ?

- Rien de particulier, je me prends pour un jardinier, j'ai planté deux ou trois trucs sur mon rebord de fenêtre. A part ça pas grand-chose. Ca ne fait pas lourd en plus d'un mois.

- Tu as mis quoi ?

- J'ai fait une jardinière de plantes aromatiques, une de rhubarbe et j'ai mis une capucine grimpante sur le mur du balcon. Espérons que les voisins ne me cherchent pas des noises si elle court.

- Super, je ne savais pas que tu avais la main verte. C'est une bonne idée les plantes aromatiques, tu auras tout sous la main. La rhubarbe c'est super beau avec ces tiges violettes et ses grosses feuilles. Tu as bon gout. Tu tiens ça de qui ?

- Je n'ai quand même pas fait un exploit, on me donnera pas le prix Nobel pour deux jardinières.

- Toujours aussi modeste !

- Au fait, je t'appelle pour anticiper sur le déconfinement. Je prévois de faire une réunion dématérialisée par Skype avec tout le monde, je t'enverrai par messagerie une convocation et les modalités. La réunion sera animée par le comptable et le juriste, je serais évidemment présente.

- Tu déposes le bilan ?

- Tu y vas un peu vite. Je n'ai pas dit ça. Justement il s'agit de tout faire pour ne pas en arriver là. Tu pourrais t'arranger pour être présente ?

- Oui bien sûr, mais comment je saurai ?

- Je t'ai dit que j'allais t'envoyer un mail de convocation dès que j'aurais eu tout le monde. Ne t'inquiète pas. A réception si tu as des questions, tu peux m'appeler, tu sais où me trouver et vue la situation je ne risque pas de bouger. N'hésite pas. En tout cas, j'ai besoin de toi. Je te laisse, je dois appeler les autres. Je te tiens au courant par messagerie. Merci, bonne journée.

- Ok on fait comme ça, bonne journée.

Et de sept, plus que sept

Jérôme, un chic type en temps partiel thérapeutique après maladie. Le confinement n'a pas dû changer grands chose pour lui.

-Allo Jérôme, c'est Aline. Je t'entends mal.

- Qui c'est ? Un instant Je sors.

- Ca y est

- Comment ça va ?

- Comment te dire, je ne vais pas te mentir, c'est tout simplement infernal ici. Je rêve de silence. A l'hôpital j'étais tranquille. Avoir tout le monde à la maison en même temps ça change tout. Je ne suis pas pour la cohabitation. Tu as entendu, c'est le bazar, pour ne pas dire la foire. J'ai bien trouvé le numéro d'appel de l'enfance en danger -119- et noté l'augmentation de plus de 100% des appels mais, j'ai cherché en vain un numéro d'appel pour les parents en danger. Ils n'arrêtent pas de se battre et de crier, ma femme baisse les bras et moi j'attends. Les enfants ont pris le pouvoir. Tu vas me dire c'est pas nouveau, juste plus visible. Je n'en peux plus, je n'ai jamais été aussi fatigué, même pendant la chimio. Vivement que l'on reprenne le travail et eux l'école. Je me rends compte de la tâche des instituteurs et des professeurs. A l'avenir je serais plus indulgent envers eux. Covid ou pas, je te dis qu'ils vont y retourner à l'école dès qu'elle ouvre. Pour un peu j'irai faire brûler un cierge en ce sens. Ces gosses sont de vrais tyrans. J'essaie par ci par là de les occuper, je leur fais faire des crêpes, des gâteaux qu'ils engouffrent en moins de temps qu'il ne faut pour le dire et demandent immédiatement ce que l'on fait après. Je suis trop fatigué pour suivre. Ils m'épuisent. Heureusement qu'il y a les écrans. Tu penses bien qu'on ne respecte pas la règle des 3-6-9-12 de Tisseron. Le temps qu'ils passent devant un écran, c'est toujours ça de gagné. Que veux-tu, je ne peux pas faire mieux ou j'y laisse ma peau. Quand je ne l'avais pas, on me disait que la santé était la valeur suprême pour atteindre le bonheur, maintenant, j'en doute. Du moins je sais que ce n'est pas suffisant, qu'elle n'est pas un but suffisant à l'existence.

- Mais vous n'avez personne pour vous relayer ?
- D'habitude, on a les parents de ma femme. Ils viennent nous remplacer quelques heures mais là, avec le confinement, ils ne sont pas tout jeunes, on ne veut pas leur faire prendre de risques. C'est la misère.
- Tu veux que je vienne deux trois heures pour vous permettre de souffler.
- Il n'en est pas question, je m'en voudrais à vie s'il t'arrivait quelque chose.
- Mais qu'est-ce que tu veux qu'il arrive ? La loi à même prévu cette option : « aide à une personne vulnérable ». Il me semble que là, à ce que tu me dis, vous êtes devenus vulnérables.
- N'exagérons rien. On va s'en sortir, n'en parlons plus. Mais qu'est-ce qui t'amène ?
- Je voulais juste anticiper sur la reprise de l'usine après le déconfinement et te prévenir que j'organisais une réunion de reprise. Tu seras informé par messagerie de l'heure et du jour de la réunion dématérialisée par Skype. Je souhaite que tout le monde soit présent, la réunion sera animée par le comptable et la juriste, je serai évidemment présente.
- A ok pas de problème, ça c'est une bonne nouvelle.
- Super alors à bientôt, bonne journée.
- Bonne journée, salut.

Et de huit, plus que six

Jennifer, 35 ans, mariée, deux enfants, droite comme la justice, croit en la rédemption, une vie meilleure après la mort. La "Normal people" par excellence.

-Allo Jennifer c'est Aline

- Ah c'est gentil d'appeler, j'allais le faire. Comment allez-vous ?

- Je vais bien merci et vous ?

- On ne va pas se plaindre, Dieu soit loué, la maladie nous a épargné, on s'organise.

- Ça se passe bien avec les enfants ?

- Oui oui, très bien, ils sont adorables et puis, on a pris ma belle-mère pour nous aider. Elle est mieux ici qu'à l'EHPAD. On a eu du nez, on est allé la chercher avant de savoir ce qui s'y passait. Elle nous donne un coup de main, notamment pour les travaux ménagers.

- Vous êtes courageuse. Ce n'est pas trop dur de faire faire les devoirs en plus du reste et d'avoir quelqu'un à la maison ?

- C'était une évidence. Comme je vous l'ai dit, on s'organise, j'ai fait un planning, il est sur le frigo. Le matin jusqu'à 9h, Stéphane s'occupe des enfants, après je prends le relais, c'est la petite école de 10h à 11h30, après, je prépare le repas et Stéphane reprend les enfants pour les jeux de plein air. On mange à midi, la belle-mère débarrasse et range la cuisine pendant que tout le monde fait la sieste et à 3h c'est les jeux créatifs. Stéphane retourne travailler dans son bureau jusqu'à 19h et nous, c'est goûter et douche. On dîne à 19H30 et dodo tout le monde ? Rebelote le lendemain. Je ne vois pas passer le temps, je n'ai pas une minute à moi.

- Vous allez remettre les enfants à l'école après le 11 mai ?

- Je ne pense pas, ils sont mieux à la maison, l'école avec les mesures barrière risque d'être le confinement dans le confinement. J'ai peur de la phobie scolaire. Nous préférons opter pour la sagesse.

Long silence

- C'est super, vous êtes au top, vous pourriez faire un blog comment s'organiser au mieux en famille en période de confinement !

- N'exagérons rien, j'ai bien quelques inquiétudes ou agacements notamment quand j'observe les voisins contaminés qui agissent en tout ou rien. On passe d'une population abasourdie qui attend son tour dans l'impuissance et la peur de mourir à plus rien. Les statistiques encourageantes du recul du virus, favorisent les comportements les plus variés et le retour aux habitudes. Comme si l'épisode pas si lointain ou la mort était quotidienne donnait lieu à compensation, il faudrait rattraper un temps qu'on aurait perdu je ne sais où. Pour gommer le passer, la légèreté devient monnaie courante classée au titre des besoins primaires. Ils vont vite se calmer et revenir à la réalité.

- J'espère qu'ils t'entendront. Je ne vais pas vous déranger longtemps pour ne pas vous mettre en retard et risquer de perturber votre planning. Je voulais simplement vous prévenir que je veux anticiper sur la reprise de l'usine après le déconfinement et organiser une réunion de reprise. Vous serez informée par messagerie de l'heure et du jour de la réunion dématérialisée par Skype-. Je souhaite que tout le monde soit présent, la réunion sera animée par le comptable et la juriste, je serai présente.

- Mais pourquoi ?

- Juste pour savoir comment on va faire pour reprendre.
- Ok je vous fais confiance, j'attends votre message.
- Merci pas de problème
- Merci bonne journée.

-      Et de neuf, plus que cinq

Joseph, par définition le gentil garçon, une crème toujours prêt à rendre service avec la capacité de se satisfaire de ce qu'il a. A consacrer son temps aux autres, il n'a pas pris le temps de construire sa propre vie. Ca ne semble pas le déranger.

-Allo Jo, tu vas-bien ?

- Ah Aline, super, comment tu vas ?
- Ca va
- Avec toi ça va toujours, jusqu'à ce que tu tombes. Toujours aussi discrète. J'allais aller faire des courses, tu as besoin de quelque chose ?
- Non non, j'ai tout, j'y suis déjà allée.
Mais toi, comment tu t'en sors ?

- Tu sais, tout ça en fait, ça n'a pas changé grand-chose pour moi. Je ne vais plus au resto du cœur mais à la place, je me suis porté volontaire à la mairie pour porter les plateaux repas aux personnes vulnérables, je vais à la maison de retraite voir ma mère chaque jour, je lui tiens compagnie un petit moment, chacun d'un côté de la baie vitrée avec notre téléphone. Je sors le caniche d'une dame âgée de mon immeuble deux fois par jour. Tu vois, je n'ai pas le temps de m'ennuyer.

- Ça ne m'étonne pas de toi. Je ne vais pas te déranger longtemps.
- Mais tu ne me déranges pas du tout, je n'ai rien à faire.
- Je voulais simplement te prévenir que je veux anticiper sur la reprise de l'usine après le déconfinement et organiser une

réunion. Tu seras informé par messagerie de l'heure et du jour de la réunion dématérialisée par Skype. Je souhaite que tout le monde soit présent, la réunion sera animée par le comptable et la juriste, il y aura un tchat et je serai présente. Tu trouveras le temps ?

- Oui bien sûr, tu peux compter sur moi, c'est important.

- Je compte sur toi, il faut que tout le monde soit présent.

- OK

- Tchao, bonne fin de journée, à +

- Tchao, bonne fin de journée

Et de dix, plus que quatre

Sandrine, optimiste à tout crin, une crème, une autre. Malgré sa petite santé elle fait plus de deux heures de transport en commun tous les jours pour venir à l'usine, toujours en avance, avec le sourire, une parole gentille pour chacun. Elle vit seule avec son chat dans un minuscule studio du centre de Lyon pour bénéficier des ressources de la ville dont elle ne profite pas faute de ressources physiques et financières.

-Hello Sandrine, c'est Aline

- Bonjour Aline, je pensais à vous.

- Ah bon et vous pensiez quoi ?

- Que vous me manquiez

- C'est gentil

- Comment ça se passe ?

- Le mieux possible, même si le médecin dit que le virus n'a pas résisté à mon hospitalité et qu'au regard des symptômes c'est inutile de faire un test. J'ai moins de fièvre et plus qu'une énorme fatigue.

- Je ne me plains pas, je suis baignée de lumière par mon velux, mes voisins sont formidables, ils pourvoient à mes besoins à tour de rôle, ils déposent devant ma porte des repas pantagruéliques. Ils doivent penser que je dévore, à croire qu'ils veulent m'emboquer comme une oie. Même avec l'aide du chat, je gaspille et je suis obligée d'en jeter la moitié. Comme c'est eux qui descendent la poubelle, je n'ose pas l'utiliser. Faute de mieux, j'utilise les toilettes ou je donne les restes aux pigeons sur le toit à travers le velux. Vous voyez mes problèmes ne sont pas majeurs.

- Mais vous avez encore de la fièvre ?

- Plus que 39 ce matin.

- Mais pourquoi vous n'avez pas été testée ?

- Le médecin dit que les tests ne sont pas fiables, qu'il n'y en a pas pour tout le monde et qu'en l'absence de traitement ça ne change rien. Je dois juste appeler le 15 si je respire mal. J'avoue que ce n'est pas rassurant. Que voulez-vous ?

- C'est le moins que l'on puisse dire. Ça fait combien de temps que vous avez de la fièvre ?

- Quinze jours.

- Bon, je vous rappellerai demain si vous voulez bien. Avec ce qui est arrivé à l'usine, vous savez qu'il faut être prudent et ne pas prendre cela à la légère.

- Ce n'est pas la peine j'ai tout ce qu'il me faut, ne vous inquiétez pas.

- Si, j'y tiens, c'est important pour moi.

- A demain sans faute.

- Merci

- Au revoir

Et de onze, plus que deux. Enfin là c'est un coup pour rien mais je ne pouvais pas faire mieux.

Joëlle, pas la plus facile, un peu la dette sociale de l'usine. Son travail est son refuge, sa bouée de secours qui lui tient la tête hors de l'eau. Chez elle, c'est l'enfer, elle redoute les vacances et payerait chère pour rester au travail. J'appelle la boule au ventre car je sais que le confinement peut tourner au drame.

-Bonjour Joëlle, c'est Aline. Je ne vous dérange pas au moins ?
Je peux vous prendre un instant ?
- Mais bien sûr.
- Vous êtes seule, vous pouvez parler ?
- Oui, oui, il est sorti.
- Comment allez-vous ?
- Comme d'habitude.
-On se connaît Joëlle, quand vous me dites ça, ce n'est pas pour me rassurer. Dites-m'en plus.
- Vous savez, c'est toujours difficile avec l'alcool, la violence. Hier je suis tombée dans les escaliers, j'ai un œil bleu. J'ai essayé de l'empêcher de boire, enfin de le limiter. Il a tenté de m'étrangler. J'ai eu tellement peur que j'ai appelé le 15. Aujourd'hui ça va mieux. Ils ne l'ont pas gardé, il rentre tout à l'heure. Il dit qu'il ne se rappelle pas bien, qu'il n'a pas serré très fort. Quand il a bu, il n'est plus lui-même, ce n'est pas mon Stéphane. Sobre, on passe de bons moments ensemble, c'est un type bien. Vous le savez bien vous qui le connaissez. Il sait être charmant et bienveillant. Je suis embrouillée, je ne

sais plus quoi penser, ce qu'il faut faire ou ne pas faire. J'ai peur de rester à la maison, je suis coincée, je ne peux pas le laisser comme ça dans cet état de souffrance, il pourrait faire une bêtise. Et puis, si je racontais, les autres ne me croiraient pas. D'ailleurs, il me dit que j'ai tendance à exagérer. Même ma famille doute de ma parole. Alors, on s'appelle de moins en moins, pour des banalités, bonjour ça va et toi ça va ? Un point c'est tout.

Ma seule et unique meilleure amie a été mutée, je ne la vois plus, on se téléphone quelquefois. Je n'ai plus personne à qui me confier à part le corps médical et je me vois mal raconter ma vie au médecin ; alors j'ai pris l'habitude de dire que tout va bien. Comme ça, je repars pour quelques jours, quelques mois au mieux, jusqu'à la prochaine contrariété, la prochaine crise. Parfois, j'ai envie de lâcher. Mais assez parlé de moi, et vous, comment se passe le retour, l'usine.

- Tout se passe normalement, je voulais justement vous informer que je commençais à penser à la reprise et que j'étais en train d'organiser une réunion pour la semaine prochaine pour envisager les modalités. En raison de la situation on se réunira en téléconférence par Skype. J'aimerais que tout le monde participe. Il y aura aussi le comptable et une fiscaliste. Je vous informerai par messagerie de la date et de l'heure mais surtout je voudrais compter sur vous.
- Vous avez   une idée de quand ça pourra être dans la semaine ?
- Non pas encore.
- Si vous pouvez me prévenir au plus tôt ce sera mieux pour moi pour que je m'organise. De toute façon, je trouverai une solution, quitte à ce que j'aille faire ma promenade avec mon téléphone pour que je sois tranquille.
-Ok je le ferai, je vous préviens dès que j'en sais plus. Surtout si vous avez besoin de quoi que ce soit, nous n'habitons pas loin, n'hésitez pas à me prévenir, je peux venir à n'importe

qu'elle heure. Je n'ai ni bébé ni partenaire qui pourrait être dérangé. Je compte sur vous.

-Merci

- A la semaine prochaine

- Ok Entendu.

Et de douze plus qu'un

Margaux, 31 ans, fille de la doyenne Mireille, décédée en début d'épidémie. Mère de famille sans histoire, elle vit à proximité de l'usine dans une maison mitoyenne, un petit couple modèle et heureux. Pour un peu, elle me ferait envie.

-Bonjour Margaux, c'est Aline. Je ne sais pas quoi dire, c'est conventionnel mais du plus profond de mon cœur, je voulais te présenter mes condoléances.

- Merci

- Je ne suis pas très à l'aise, comme tu le vois je manque de spontanéité. Je trouve ça tellement injuste, je n'ose pas imaginer. Je peux te demander comment vous allez ?

- Rien de spécial, on a pris papa à la maison, on cohabite, mon mari télétravaille, il se démène pour maintenir son salaire et occuper les enfants. Il assure. Je ne vais pas te cacher que la douleur d'avoir manqué le moment crucial n'a pas arrangé les choses. L'interdiction d'être là, les regrets, le manque de paroles chuchotées à l'oreille, d'ultimes aveux, de mains serrées, de caresses sur ses tempes ont été insupportables. La housse mortuaire étanche vue en vidéo hante mes nuits. J'attends pleine de colère de pouvoir récupérer l'urne pour lui dire adieu. Le plus dur c'est qu'elle est partie toute seule. C'est horrible, je n'arrive pas à y croire. Jamais je n'aurais pu imaginer une telle fin. Elle ne pourra jamais me dire adieu.

J'attends avec impatience l'ouverture des cimetières, j'ai besoin de lui inventer une place, de lui parler, de me recueillir, tout simplement de lui consacrer un temps d'adieu.

Quand j'aurai le courage, je viendrais récupérer ses affaires dans son tiroir.

-Je comprends que ce soit important pour toi. Tu viens quand tu veux, je peux t'ouvrir. Tu es la bienvenue.

-Merci. Ne t'inquiète pas, la vie prends le dessus, on s'organise. Après les applaudissements de 20 heures, on attend chaque soir avec impatience le guitariste de l'immeuble d'en face pour pousser la chansonnette pendant une quinzaine de minutes. Assis sur le rebord de sa fenêtre il nous entraine. L'autre jour il a fait une soirée spéciale Christophe, j'en avais les larmes aux yeux. C'est bien, ça donne un but à la journée. Tout n'est pas terrible, hier dans le quartier on se toisait, aujourd'hui c'est bon enfant, on papote d'un immeuble à l'autre, pour un peu on se croirait en Sicile. Elle me manque horriblement, je suis pleine de remords de tout ce que je n'ai pas dit, pas fait.

-Je suis sincèrement avec vous.
Je voulais te dire quelque chose. Je sais qu'il est surement encore trop tôt pour toi mais j'ai prévenu tout le monde et je souhaite que tu sois au courant. Je veux anticiper la reprise du travail et organiser une réunion pour envisager les modalités. Tu regardes tes messages ?
-Oui
-Je t'informerai par messagerie de l'heure et du jour de la réunion dématérialisée par Skype. Je souhaite la présence de tous, tu es quelqu'un d'important, si j'osais, je dirais que tu comptes pour deux. La réunion sera animée par le comptable et la juriste, il y aura un tchat et je serai présente. J'espère que tu trouveras la force ?

Je pense beaucoup à vous. Je te tiens au courant. A très bientôt. Courage.

-Merci à bientôt.

Et de treize.

Je veux croire que le treize me portera bonheur. Je me refuse à la superstition maléfique occidentale et me raccroche à l'idée que le treize n'a que le tort de venir après le douze, chiffre parfait : Les douze divinités de l'olympe, les douze constellations du zodiaque, les douze travaux d'Hercule. Entre mysticisme et doute je m'attelle à attraper la vie.

Que c'est dur, que dire, comment le dire ?

Aline sort des entretiens épuisée, sans savoir quoi penser. Il n'y a rien à dire. Elle savait que le covid tuait, mais voir quelqu'un de proche touché c'est différent, c'est plus réel, encore plus injuste. Elle n'était pas présente et pourtant, elle se sent responsable, coupable. Peut-elle envoyer des fleurs ? Est-ce responsable en période de confinement de faire travailler un fleuriste, un livreur, pour montrer sa compassion, son attention ? En plus d'être enfermée, elle se sent pieds et mains liées. Quelques verres la détendent. Elle s'endort sur le canapé et traverse la nuit d'un sommeil profond sans rêve. En mode robot, elle passe les journées suivantes au téléphone pour préparer la suite avec Maitre Seignosse. En peu de mots elle lui explique quarante ans d'entreprise, les hauts, les bas, la succession après la mort de son père, la crise de 2008, le nombre de salariés fluctuant de 4 à 30, l'engrenage, son incompétence. Comme si l'intellectuel fonctionnait indépendamment de l'affectif, avec assurance, Aline met entre les mains de Maître Seignosse sa vie, son usine, tout ce qu'elle a créé et lui dit :

-Je vous demande de trouver la solution pour que la structure qui n'est pas redressable, j'ai bien compris, parte entre les mains des salariés. Je ne vous laisse pas le choix.

En peu de mots, Maître Seignosse est convaincue que non seulement elle peut y arriver mais, qu'elle y est obligée !

Ce matin Aline se sent plus légère. La situation lui donne l'occasion de fouiller son histoire natale et d'envisager des issues. La décision prise et la mise en œuvre déléguée aux spécialistes, elle s'imagine déjà ailleurs. Progressivement, elle sort de sa

« coquille », se désentrave, alors que d'autres, se confinent encore au sens propre comme au figuré. L'amour des salariés lui donne un courage fou. Elle voudrait tout à la fois larguer la lourdeur de la filiation, sa vie, son rythme, et conserver l'ambiance de l'imprimerie, les liens qu'elle a tissés avec l'équipe.

Difficile de réfléchir comment reprendre une activité sans tomber dans les même travers. Elle n'a pas appris, ne sais pas comment faire. Désœuvrée, elle ne parvient pas toujours à combler les temps mort pour que le rien ne diffuse pas. Parfois, elle ne trouve rien de mieux à faire que de déprimer. Dans ces moments, elle se hait, se mettrait des claques. Produire était épuisant mais, être dans l'incapacité du fait de la pandémie l'est tout autant. Non, elle n'est pas d'accord, sa valeur n'est pas le produit de ce qu'elle fait.

Avachie dans le canapé à l'empreinte de Julien, les jambes repliées sous les fesses, l'affaissement du canapé épouse sa colère. Elle n'avait même jamais remarqué sa déformation- pas étonnant- au regard du nombre de fois où elle s'y assoit-. Comme s'il lui était interdit. Sa place est sur le Voltaire. Elle s'anesthésie devant le programme TV. La mauvaise réputation de l'ennui occulte les ressources qu'il peut parfois révéler. Par hasard, elle tombe sur le film « Sur la route de Madisson » qu'Athos lui avait conseillé à l'hôpital. N'ayant rien de mieux à faire, par curiosité, elle regarde d'un œil le film sombre en éclairage indirect. Il date un peu mais la prend aux tripes. L'identification à la vie de contraintes bien rangée de Méryl Streep est facile. Le générique de fin lui laisse les yeux rougis. Prise par le besoin d'agir, de faire quelque chose, n'importe quoi, le canapé et le voltaire lui sortent par les yeux. Tout devient prétexte à colère, la fuite des Lyonnais et des habitants des grandes villes vers leurs résidences secondaires, l'individualiste avec son « sauve qui peut », les optimistes qui profitent du confinement pour être en vacances et qui laissent les enfants aller voir leurs copains, les donneurs de leçons, les peureux, ceux qui proposent de l'aide et qui applaudissent à 20h, ceux qui se promènent avec leur chien alibi, l'inculture de l'homo-simplex qui témoigne de sa vision à très court terme.

Elle se couche encore une fois exténuée, alcoolisée et vaseuse. Au petit matin, la tête des immeubles perdus dans la brume, lui redonne espoir. Comme deux bouteilles à la mer, sans préméditation, elle reprend contact avec Athos en prenant son traitement pour prétexte et envoie un mail à Julien. Elle choisira plus tard, pour le moment elle a besoin d'une bouée, besoin qu'on l'aime.

La rencontre

Le film d'hier et ses rêves ouvrent une brèche dans le fantasme. Julien, opportuniste comme à son habitude, répond immédiatement et laisse un message sur son répondeur. Il propose d'arriver et, de façon à peine masquée, de rester pour la nuit −Elle traduit, satisfaire ses besoins− . Elle répond en direct à l'appel d'Athos qui colle au pied de la lettre à la demande. Il passera demain en fin de journée avec son ordonnancier pour adapter le traitement. Elle ne sait pas si c'est le médecin ou l'homme qu'elle doit attendre. Alors qu'il ne lui à rien promis, comme rarement dans sa vie, elle fait un choix, se laisse rêver à une possible histoire. Elle remballe Julien. Elle assume, n'a plus envie de jouer la gentille, la bonne poire qu'on garde pour la soif. Elle lui dit sans détour que c'était une mauvaise idée, prétexte le confinement et le respect de la loi pour fermer définitivement une porte restée entrouverte par mégarde. Il profite de l'occasion pour lui rappeler qu'elle n'est pas drôle et toujours aussi rigide. Devrait-elle ne pas l'être ? Elle ne s'excuse pas comme elle l'aurait fait par le passé.

Elle se prépare à recevoir Athos, se fait un film sensuel et romantique. Pour un peu elle se prendrait pour Meryl Streep. « Fuck » julien et vive Athos. Elle a envie de faire vivre son corps, pas seulement dans les livres ou le regard des autres, mais dans sa chair. Elle continue à faire du vide, avec frénésie, bazarde son vieux canapé de cuir noir et le sacro-saint voltaire. Elle les descend à la cave, les fait glisser dans l'escalier avec un tel raffut qu'un voisin prend pitié et vient lui porter main forte. Dans la foulée, elle commande sur internet un canapé d'angle design en tissu violet. Ce sera la seule pièce de couleur de l'appartement. Déçue que la livraison ne puisse avoir lieu pendant le confinement, elle l'accepte. Recevoir Athos sur le canapé de Julien n'était pas pensable, elle lui préfère le coté bohème des coussins à l'assise inconfortable du canapé, comme quand elle avait vingt-ans. Elle fait un coin cosy année 70 autour de la table basse, -pas sûr qu'ils n'en soient pas quitte pour un tour de reins- . Assez contente d'elle, l'attente lui parait interminable.

Quand Athos sonne à l'interphone, elle s'avoue que ce n'est pas le médecin mais bien l'homme qu'elle attend ; Les cheveux hirsutes, -manifestement les coiffeurs sont fermés-, en bras de chemise et jean, un bouquet de tulipes blanches fraichement cueillies à la main. Comment savait-il pour le blanc ? Pour être dans les convenances, mal à l'aise, elle fredonne l'air du barbier de Belleville. Les gestes barrières évitent l'interrogation du choix de la formule de politesse.

Le moment est doux, ils se racontent leurs vies et leurs errances, échangent sur l'actualité. Sur le qui-vive, Aline essaie de passer pour quelqu'un qui a du savoir-vivre, tente de cacher son infériorité sociale qu'elle ressent malgré elle face au Médecin. *chto delat ?*

Visiblement il appartient à ceux qui vont un peu trop loin dans ce qu'ils disent et ce qu'ils font, comme par crainte de paraitre ennuyeux. Elle se surveille pour ne pas en faire trop, ne pas paraitre plouc. Mue par l'envie de plaire, poussée par l'envie de savoir, elle questionne sur son métier pour en découvrir les avantages et les contraintes, non par curiosité inutile ou conversation insipide, mais pour savoir comment il vit. Elle voudrait pouvoir en déduire si leurs modes de vie sont compatibles, une histoire possible.

- Le grand-père serait fier que j'appartienne au monde tant convoité !

Au fil de la soirée, elle se détend, les échanges deviennent fluides et moins convenus, ils ironisent sur le faible taux de contagion des personnalités ; sur le fait que la notoriété protège. L'état et les règles ne peuvent pas tout régler selon Athos. Diriger un pays au cas par cas reste une épreuve de haute voltige. Ils mélangent et remuent leurs peurs sans les diluer comme pour remettre à plus tard une conversation plus intime. Athos laisse voir sa fatigue. Il dépose ses difficultés de l'hôpital. L'absence de consignes, les règles contestables, le manque de moyens, le sentiment de faire et défaire, les ordres et contrordres. Il confie sont déphasage avec les médias, donne à voir une tout autre réalité.

-Je n'en peux plus des experts. Plus il y en a, moins on comprend. D'ailleurs, on ne sait même pas d'où ils sortent, comme si la haute autorité de santé n'était pas composée d'experts. Entre les grands très assurés, les petits, les soit disant experts qui répètent ce qu'ils ont entendu une heure avant sur un autre média, les faux qui lancent des cracs en espérant faire le « buzz » et comptabiliser le plus de « like », je m'y perds. Ni à droite ni à gauche, ils veulent tous être devant. Leur opinion de néo-virologue forgée sur le métal rebattu des diatribes divergentes, remet en question nos vieilles certitudes. J'ai entendu que la communauté hospitalo-universitaire comptabilisait pas moins de 10 000 articles majoritairement chinois depuis le début de l'année. Du jamais vu qui laisse sceptique sur les processus de relecture, comparé au délai moyen de parution d'un an. Le flot de connaissances scientifiques montre que la vérité d'hier n'est pas la réalité d'aujourd'hui. Il ne s'agit pas de fake news mais de l'acquisition au fil de l'eau de nouvelles connaissances qui rendent obsolètes la vérité du jour. Personne ne peut se prononcer sur la réalité d'une deuxième vague, la vie du virus nous est inconnue, tout autant que le comportement de nos sociétés éminemment différentes. On nous demande, comme à la fin du 19ème siècle dans l'affaire Dreyfus, si on est pour ou contre le Pr Raoult. Du haut de notre incompétence, les dreyfusards et anti-dreyfusards du 21ème siècle s'opposent à en être grotesques.

Quant aux politiques, de vrais experts, ils nous expliquent ce qu'il fallait faire hier, ce qu'il n'aurait pas fallu faire, ce qu'il faut faire aujourd'hui et ce qu'il faudra faire demain. Personne n'a jamais vu demain. Ils se prennent tous pour des médiums. C'est à nous de préparer l'avenir, qui sera je l'espère différent. Ils parlent de crise, je préfère parler de catastrophe. Dans le mot crise, j'ai le sentiment que l'on cherche à reprendre les choses où on les a laissées. Dans catastrophe il y a l'idée d'une renaissance, une obligation de création. Faute de masque, j'ai vu hier des collègues, utiliser ceux de plongé de leur enfants en salle de réanimation. Je ne sais si c'est eux ou la relecture de la disparition de Perec qui m'amène à penser le covid sous l'angle d'une catastrophe. Au même titre que pour Perec perdre une lettre de l'alphabet est une catastrophe créatrice, j'espère que le confinement sera créateur. J'ai relu le livre de Perec au-delà de la prouesse stylistique incontestable et vu le lien que je n'avais même pas soupçonné auparavant, avec l'histoire de l'auteur, son passé de juif aux parents disparus. Il m'a fallu tout ça pour saisir la catastrophe, métaphore de l'écriture sous contrainte, comme origine créative.

-Tu aimes lire ?

Athos prend le temps de saisir le sens de la question puis se lance, le regard sur ses chaussures :

-La littérature et moi, c'est une vieille histoire. Ça remonte à ma grand-mère. Mes parents trop occupés à leur ascension sociale m'ont confié à ma grand-mère, bourgeoise cultivée. Elle a fait ce qu'elle a pu avec ce qu'elle était. Je n'ai pas été au club de foot ni au tennis mais dans son salon, j'ai lu les grands classiques et me suis beaucoup ennuyé. Confiné dès le plus jeune âge dans son appartement, isolé des autres enfants, j'ai beaucoup rêvé. Avec le recul, ce n'était pas que négatif.

Des similitudes de parcours ramènent le grand-père au premier plan des pensées d'Aline, elle pense au manque de soleil et de chaleur de son enfance. Les rais de lumière provenant de l'usine qui la rendaient vivante, au milieu des allées, sous le regard et les mots gentils des employés. L'odeur d'encre et la poussière du papier à l'odeur d'humain.

Le jeune homme reprend son exposé avec passion, comme s'il voulait la convaincre, arracher une adhésion :

-Hier, face aux épidémies on invoquait la colère divine, aujourd'hui les médias présentent le libéralisme coupable. Il en fallait bien un. Je ne suis pas un spécialiste, encore moins un expert, en revanche, je sais que nous ne pouvons pas raisonner sur une seule cause, le raisonnement maniaque, de cause à effet, est le propre des états totalitaires. La science est par essence mondialiste, c'est grâce à la démocratie libérale et aux progrès scientifiques que nous avons pu être aussi rapide avec le covid. Séquencer le génome et lancer les premiers essais cliniques en moins de trois mois relève de l'exploit. Sans un matériel hautement technologique, nous n'aurions jamais pu observer un virus mille fois plus petit que le diamètre d'un cheveu, qui ne se comporte pas comme les virus d'hier ni probablement comme ceux de demain. J'aime à croire que la mondialisation a évité que la pandémie fasse autant de morts que la peste ou la grippe espagnole. Les régimes totalitaires sont les responsables de nos presque 30 000 morts. Le pangolin a les épaules larges ; si la Chine ne nous avait pas caché la vérité, nous n'en serions pas là.

Nous ne sommes pas tous égaux face à l'infection. Certains facteurs de risque sont connus, quelques-uns probablement génétiques. Actuellement le passeport immunitaire n'est pas encore valide, même si l'on porte des anticorps, on peut propager le virus et décéder. Nous n'avons pas de traitement viral, de preuve formelle, seulement des indices. Par contre si nous n'avons pas de traitement du virus, nous avons des traitements inflammatoires qui bloquent l'évolution des formes les plus graves. C'est déjà ça ?

Je regrette qu'aujourd'hui, à l'hôpital, les personnes fragiles, meurent d'autre chose que du covid ; un soignant sur trois est contaminé, la médecine du travail donne des arrêts de travail de dix jours. Un gouffre entre le réel et le discours médiatique. Je suis en colère contre ce que nous avons été capables d'infliger, à des personnes déjà fragiles et hospitalisées. J'ai pris des dizaines de personnes infectées dans les bras, je travaille masqué, avec gants et utilise les gestes barrières, je ne l'ai pas attrapé. Par contre, j'ai vu des malades seuls et terrorisés perdre le sens de leur vie. Le confinement à l'hôpital leur a été délétère. Certains sont arrivés complétement confus, hébétés, ils n'ont pas supporté les rues vides et les magasins fermés. Leurs vieux traumatismes de guerre restés intacts, comme si ça s'était passé hier, leurs faisaient entendre les bombes et les sirènes, sentir la pression du couvre-feu, ressentir la faim et le froid dans des corps affaiblis qui ne permettaient plus aucun espoir. Tétanisés de peur, ils aspiraient à mourir, comme les volontaires au suicide face à une menace de mort inéluctable.

J'ai plus envie de faire confiance aux français qu'aux experts de tout acabit. Ils ont montré qu'ils étaient autant capables que des Coréens ou des Allemands de respecter un confinement drastique, ils ont compris les gestes, la distanciation, les risques. C'est pour cela qu'ils souhaitent et redoutent en même temps le déconfinement. A moins d'être le Docteur Raoult, -sur lequel repose le débat idéologique de l'hydrochloroquine, - nul ne peut fixer la date de sortie. C'est utopique de penser trouver un vaccin en septembre 2020.

Aline est touchée par la sensibilité de cet homme, elle fait bien plus que compatir. Elle se représente les patients hébétés faute de résilience, l'incertitude, l'ignorance versus la connaissance qui donne une tout autre lecture des comportements en général mais aussi de sa propre histoire. Elle se regarde sous le prisme de ce qu'elle ignorait et laisse tomber le masque de la femme forte. Elle se livre, explique la faillite imminente, l'absence prévisible de gain de la cession, le non droit au chômage, l'incertitude, la peur de lâcher brutalement tout une vie et surtout la honte et la culpabilité de ne pas avoir su faire, d'avoir amené l'entreprise au tapis, la fin de l'histoire familiale. Dans la balance elle dépose son besoin physiologique de vivre, cette sensation d'étouffement, sa vie de sacrifice, la perte de sens. Elle expose le projet de vente de l'usine aux salariés, ses craintes et ses espoirs, son besoin de trouver des clients pour passer à autre chose.

Très affecté Athos cherche des solutions, il ne peut pas admettre que l'on ne puisse pas réparer, soigner ce qui vit encore. Il promet de l'aider, de se renseigner à l'hôpital s'il n'y a pas moyen de récupérer le marché de l'édition des thèses, des imprimés et affiches de colloques.

Chaque soir, à l'exception des nuits de garde, ils se confient l'un l'autre sur les insatisfactions de leurs vies réciproques. Aline se fie au présent et à l'instinct faute de quiconque à qui demander conseil. Mi-mai, elle se retrouve sur son épaule au contact doux de ses lèvres. Elle expérimente la caresse et le toucher qui la font exister. Les fantômes et les mauvais présages envoyés au diable, elle décide d'un possible avenir avec cet homme. La lumière d'un amour volatile, fragile et mortel rentre par la fenêtre ouverte et laisse entrer les sons. Les oiseaux piaillent, l'odeur de la nature s'engouffre dans la pièce. Surprise par ses sensations, rejointe par Athos au bord de la fenêtre, ils respirent à pleins poumons, attentifs à chaque filet d'air qui les traverse. Ils prennent le temps de profiter des signes que la nature et leurs corps leur adressent, ceux auxquels ils ne portaient plus attention. Elle se promet de ne plus jamais laisser la glycine envahir la façade et les fenêtres. Il chantonne une mélodie qu'elle reconnait « et j'ai crié, crié, Aline pour qu'elle revienne ». Ils s'autorisent à rêver à un après, se projettent dans des voyages, des loisirs, des choses à faire ensemble. Ils se jettent à corps perdu dans les différents scénarios possibles d'une histoire.

A partir de là, elle ne fait plus rien d'autre que penser à lui et l'attendre. Tout n'est que prétexte pour passer le temps entre deux rendez-vous amoureux. Les journées passent et se ressemblent sans créativité, constituées uniquement d'attente et de désir. Tout va dans le même sens, les jours comme les nuits. Elle rêve toujours de quelque chose de plus. Excepté l'amour physique, tout l'épuise.

Elle apprend sa positivité. La contamination la déculpabilise et l'éloigne du sentiment de faute. Elle se détourne progressivement de l'épuisement. Tendue vers Athos, en constante attente, qu'il téléphone, qu'il arrive, qu'il lui parle, la regarde, tout le reste n'est qu'acte sans volonté ni réflexion. Dans une forme d'incapacité à l'oublier, elle devient poreuse aux mots et gestes des autres. Elle mange, s'habille, range, va faire ses courses, écoute les informations, lit, arrache les mauvaises herbes s'occupe de l'entreprise avec cette seule chose en tête. Les moments intenses avec lui occultent l'accumulation de démarches et d'actions qui deviennent insipides. Athos est devenu le seul but de sa vie, une obsession pour laquelle elle pourrait tout sacrifier. Elle l'aime de tout son vide et essaie pourtant de ne rien laisser transparaitre dans ses paroles et ses actes quotidiens. Elle a peur de paraitre anormale si quiconque découvrait qu'elle vit une passion, une vraie. En présence d'autres femmes, elle imagine pourtant qu'elles aussi ont des passions. Autrement comment pourraient-elles vivre comme dans son existence d'avant, dans l'attente du vide du week-end occupées au mieux par une séance de sport et quelques amis ?

Elle a peur de tout ce qui peut empêcher de le revoir, espère qu'il pense à elle. Le désir, les sentiments de l'autre sont difficiles à imaginer, elle devient superstitieuse. Tout est sujet à vœux, toujours trois – à cause de la croyance que l'un des trois sera exaucé- qu'il l'appelle le soir, qu'il vienne. « Si je passe à la caisse avant que l'aiguille soit sur le douze, il va m'appeler », si j'arrive au feu rouge avant…..Sitôt assise dans un endroit autorisé sans occupation, elle s'abandonne physiquement à la rêverie dans une quasi jouissance. Elle s'attache à son corps, rongée par le désir. Elle veut la perfection de l'amour, s'inscrit dans le don, la perte de toute prudence. Pour la première fois, elle s'égare, retient sa respiration hors de ses attaches et de ses terres. Sa passion et sa nouvelle position professionnelle l'épuisent. Surmenée, les journées ne sont pas assez longues, comme si elle devait rattraper le temps écoulé hors de ses envies. Aline alterne entre deux des besoins de l'âme que sont la sécurité et le risque. Tantôt elle aspire à une tranquillité sans peur qui paralyse, tantôt, elle aspire à une dose de risque dont l'absence suscite l'ennui paralysant qui affaiblit le courage. Maitre Seignosse en maitre du temps, la pousse à agir vite, à reprendre des risques.

Maitre Seignosse, le rachat

Tout va effectivement très vite. Maitre Seignosse veut connaitre Aline, savoir à qui elle a affaire, s'assurer qu'elle va tenir la distance avant de s'engager.

La femme de droit la fait parler, l'écoute, passe des heures en vidéoconférence. Visiblement, elle ne compte pas son temps, aime ce qu'elle fait même si le contexte est difficile. Elle dédramatise la situation dans la finesse, envisage des issues. Elle est la tête, Aline les jambes. L'avocate explique que si elle veut préserver l'emploi, il va falloir mettre en place un plan de cession et trouver de l'argent. Aline, en petite fille docile, acquiesce sans mot dire. La tête toute à ses amours, elle se laisse guider par la frondeuse, lui fait confiance, le corps anesthésié mais discipliné, consentante à aller au front, transmettre un beau bébé, le plus gras possible aux salariés, ou du moins le moins anémié possible.

Jeudi 7 mai 2020 Aline et Maitre Seignosse présentent le plan de reprise aux salariés en téléconférence.

Maitre Seignosse prend les rênes. Dans un exercice de séduction elle fait l'unanimité. La réunion commence par la perspective inéluctable du dépôt de bilan. Chiffres à l'appui, elle explique pourquoi il est impossible de vendre la société au regard des dettes -notamment l'achat de la remplaçante de la grande noire, l'arrêt maladie d'Aline, le covid-. Vendre l'usine aux salariés, même 1€ symbolique serait un cadeau empoisonné qui aboutirait à plus ou moins court terme au dépôt de bilan. Elle expose les solutions. L'avocate exprime clairement le souhait qu'Aline ne soit pas seule à porter le redressement, elle demande l'adhésion des salariés. Leur demande textuellement de se mouiller et leur assure que ça en vaut la peine. Elle les fédère tout en prenant en compte leur avis. Une sorte d'émulation se crée sur la confiance.

Maitre Seignosse sollicite le tribunal pour un redressement judiciaire et non une liquidation qui arrêterait totalement l'activité. Le but visé étant un projet de cession. Le redressement évite la liquidation. Maitre Seignosse expose le montage en Scop et ses principes après la période d'observation qui sera demandée par le tribunal. Elle parle de l'Italien, de la probabilité qu'il rentre dans le jeu, lui et d'autres et qu'ils mettent plus d'argent sur la table. Confiante, du moins en apparence, elle affirme qu'ils peuvent et doivent faire le poids avec leur savoir-faire, leur énergie. Dans la peur des licenciements, ils apprécient la transparence de la démarche et la détermination. Elle annonce l'effort et la difficulté, leur demande de se démener, de s'organiser pour créer une société qui pourrait reprendre l'imprimerie. Ils veulent y croire. Dans le projet, avec l'accord du tribunal, Aline garderait 5 % des parts, eux le reste. Ces 5% représentent son engagement, la garantie de son soutien aux salariés. Rester dans la structure au démarrage devrait permettre une passation en douceur pour les employés mais aussi pour les clients. Soudés et motivés par leurs liens et leurs savoir-faire, ils se sentent forts. Là ou Aline avait le poids de la filiation dans la gestion de l'entreprise, ils pensent ancrer leur modèle dans le présent avec plus de liberté, démarcher de nouveaux clients. L'organigramme et les définitions de poste se fait presque naturellement. Chacun y met du sien pour que ça marche. Dans la tradition de la polyvalence, Mme Sault prend l'administratif du dossier, avec l'aide acquise de Maitre Seignosse. Jean et Joseph proposent d'assurer les livraisons, Sophie, la fonction commerciale et les autres, la production, le conditionnement et l'expédition. Sophie pourra se permettre d'aller démarcher des clients qui depuis la fin de la guerre étaient interdits par le grand-père pour des raisons obscures. Sophie prend sa fonction à bras le corps. Avant même d'être en poste, elle démarche sur internet des startups qui ont besoin de souplesse de production. Elle ramène plusieurs commandes lourdes en manutention, donc délaissées par les gros industriels. L'impression, l'assemblage et le conditionnement de livrets hebdomadaires de jardinage, d'enquête, de bricolage à envoyer par voie postale aux abonnés-plus nombreux pendant le covid- est un nouveau marché. Ces petites séries qui font appel à des compétences en pliages et en impression, cœur de métier de l'imprimerie Valette, leur donnent espoir sur la survie de l'entreprise.

Aucun des salariés ne s'était imaginé individuellement chef d'entreprise. Ils ne sont pas nés avec le goût du risque, la capacité à prendre des décisions, l'envie de créer dans le sang. C'est Aline, avec son tempérament, son âme de chef d'entreprise, imposés filialement ou pas, qui donne le ton et les amène à se surpasser. Elle leur fait confiance, sait que leur union, fera la différence et qu'ils sauront faire vivre l'imprimerie. Elle connait le caractère de chacun, leur insuffle de l'énergie à son insu par sa seule présence.

Tout va très vite, Maitre Seignosse au regard des souhaits d'Aline met en place une stratégie, pas gagnée d'avance, mais qui mérite d'être tentée. Le plan de cession vise à sauver ce qui peut l'être, en l'occurrence l'emploi. Elle veut éviter de faire peur aux clients avec le mot « redressement judiciaire » qui entacherait négativement l'image de l'imprimerie. Elle sait que l'Italien, voire d'autres gros de l'impression, vont leur mettre des bâtons dans les roues, c'est prévu ; elle croit en sa force de persuasion.

Vendredi 22 mai 2020, Aline est convoquée au tribunal de Commerce.

Tout comme il y a affluence devant les portes du Crédit Municipal, les gens se massent devant le tribunal. Les conséquences financières de la crise sanitaire sont lourdes. A l'intérieur, dans le couloir, aux côtés de maitre Seignosse dans ses petits souliers, Aline attend son tour comme au supermarché.

Le greffier, attribue les ordres de passage. On joue des coudes, c'est la foire d'empoigne. Entrée dans la salle, l'ambiance est tout autre. On entend les mouches voler. Aline et Jean -au titre de représentant des salariés- en costume de ville, face à trois vieux juges, un greffier et un procureur n'en mènent pas large. La justice en robe sur l'estrade les toise. Le climat solennel et la mise à distance la fait se sentir inculpée puis coupable désignée d'office. Elle redevient la petite fille dans le bureau du directeur de l'école. L'impression de se sentir menottée lui fait craindre qu'un agent ne lui saute dessus par surprise et la mette à terre. - Il faut qu'elle arrête les séries américaines ! - La salle est vide, froide, l'impression qu'ils cherchent à lui faire avouer ses péchés palpable. La chaleur du corps de l'avocate stoïque et imperturbable, la rassure. En dépit du respect des règles de distanciation, elle l'enveloppe de son assurance. Comme en état d'urgence, les juges prennent leur décision sur le siège et déclarent l'imprimerie Valette en redressement judiciaire. Ils désignent trois personnes en charge du dossier - l'administrateur, le commissaire et le mandataire-. Aline, spectatrice, comme si c'était d'une autre dont on parlait, perd les rênes, mets sa tête et son corps à disposition pour exécuter ce qu'on lui dit. Maitre Seignosse, le visage impassible lui broie la main, le dossier suit son cours, tout va bien. L'administrateur délégué n'est pas le pire, elles n'auront pas besoin de six mois pour demander l'autorisation de lancer un plan de cession.

Avant de se lancer dans la bataille du redressement Aline et Athos s'accordent une trêve dans les Monts du Lyonnais, le premier week-end prolongé de l'ascension. La limitation de déplacement à 100kms maximum du domicile les contraint aux ressources de proximité. Ils s'en satisfont volontiers, ne ressentent pas le besoin de côtoyer du monde. Une sorte de confinement volontaire, dans leur monde privé se profile.

Jeudi 26 mai 2020, véritable début des hostilités, retour à la réalité. Le commissaire-priseur vient faire l'inventaire des biens de l'usine. L'examen, bien que nécessaire pour fixer le prix de base de l'imprimerie, est douloureux. L'air de ne pas y toucher, il fait un impitoyable tri sélectif : A jeter ou à vendre. Rien n'échappe au petit homme, une vraie fouine. Il regarde le matériel comme des antiquités bonnes pour le musée ou la décharge, répertorie sans affect, chiffre le moindre vase, tableau, machine à café, agrafeuse, véhicule... Les prix attribués sont dérisoires. Aline croit en pleurer quand il évalue à 10€ - en précisant qu'une somme négative serait plus juste-, la vieille plieuse scellée au sol qui date du grand-père. Au regard de l'estimation de la vieille Remington, Aline exprime le souhait de la sortir de l'inventaire. Visiblement, il ne la trouve pas très maline et lui demande, à mot à peine couvert, si elle est bête ou si elle le fait exprès. En référence à la loi, il lui interdit de sortir quoi que ce soit de l'inventaire. Il précise que s'il avait fallu le faire s'était avant son passage. Elle déteste l'homme, la profession qu'il exerce et l'exercice plus encore.

Le week-end de la pentecôte vient à point pour reprendre son souffle. Ils ne profitent pas de l'autorisation de reprise des rassemblements religieux pour se rendre à la messe mais s'échappent encore une fois dans la nature des monts du lyonnais.

Pendant la période d'observation, le temps est compté. L'administrateur publie l'appel d'offres de rachat de l'imprimerie Valette. Les offres doivent lui parvenir avant le 3 juillet 12 heure.

L'italien, comme prévu entre dans le jeu. Aline, avec difficulté mais courage, entre dans le costume de la commerciale ; elle démarche les clients, ce qu'elle n'a jamais fait, avec la vague impression de se prostituer. Sans conscience, elle mendie des travaux d'imprimerie aux éditeurs, à la mairie, à ses contacts et connaissances. La communauté des communes saisit l'aubaine du deuxième tour des élections municipales fin mai et lui confie le marché. La solidarité féminine fonctionne mieux qu'elle ne le pensait. Les commandes tombent. Athos décroche pour elle l'impression des thèses, affiches et prospectus des colloques de l'hôpital Lyon Sud. Mi-juin, un miracle, elle a une provision de 3 mois de salaire sur le compte de l'usine. Elle n'en a jamais eu autant. Elle se paie le culot de proposer ses services en sous-traitance aux concurrents. Le binôme commercial avec Sophie marche bien, Sophie sur le net, Aline sur le terrain.

Lundi 6 juillet c'est l'audience. Après étude des offres, le tribunal rend son jugement définitif. Maitre Seignosse, Aline et Jean, en qualité de représentant du personnel, rentrent en salle d'audience, suivis de l'Italien, candidat repreneur. Le petit groupe serre les poings, prie pour que leur offre soit retenue. Aline compte les secondes pour que les juges s'installent, « s'ils mettent moins de 15 secondes c'est gagné ».

L'italien ouvre le bal avec suffisance et un fort sentiment de supériorité. Visiblement il se présente comme déjà dans la place. Les juges n'apprécient pas outre mesure sa posture de vainqueur d'office. L'italien insiste sur la solidité de son groupe, sa légitimité certaine et acquise, son ancienneté dans le métier et ses bons résultats financiers.

Aline prend la suite et présente l'offre des salariés avec humilité. Elle explique le projet dans la filiation, l'artisanat, la tradition. Elle déplore mais avoue le manque d'assise sur un groupe pour assurer le besoin en fond de roulement du démarrage. Elle pondère ce manque par le fonctionnement en scop, amène les preuves de la capacité à générer de l'activité au regard des résultats de la période d'observation, insiste sur le savoir-faire, la solidarité, la volonté de faire vivre l'âme de l'imprimerie familiale. Elle amène à l'appui de son argumentaire l'accord de prêt bancaire de Sophie cautionné par ses parents. Jean en tant que représentant des salariés prend la parole pour appuyer les propos d'Aline. Il respire le dynamisme et la détermination, affirme le souhait unanime des salariés qu'Aline entre dans la scop et soit salariée trois mois. D'un ton mal assuré, à voix basse il exprime sa gratitude à l'égard du passé et la nécessaire présence d'Aline au démarrage. L'implication de l'ancienne patronne en preuve de viabilité du projet est pour lui indispensable. Il fait son éloge, avance le savoir-faire artisanal indispensable incarné par Aline, dit que sans elle, la nouvelle usine ne sera pas.

Jean touche les juges, ils échangent des regards, les épaules du procureur tombent d'un cran. Alors que l'administration judiciaire se retire pour délibérer, dans l'attente du verdict, Maitre Seignosse reste muette, Aline le cœur au bord des lèvres, Jean insondable.

Le moins que l'on puisse dire, c'est que l'ambiance est pesante ; les juges, solennels, regagnent la salle.

La Scop sort gagnante. Les employés sont vainqueurs, Aline, l'œil mouillé, remet symboliquement les clefs à Jean. Elle est désormais chez eux, retient difficilement une envie de crier longuement réprimée. L'italien, médusé, reste sans voix. Ils sont tous là, graves. Athos dissimulé derrière un pilier cherche le regard d'Aline. Personne, pas même Maitre Seignosse n'arrive à croire à l'exploit. L'humain a gagné sur la finance. A peine croyable. Un nouveau monde ! Athos s'avance, Aline sans honte ni pudeur l'accueille et le présente aux collègues comme une évidence, comme s'il avait toujours été à ses côtés. Maitre Seignosse donne rendez-vous à tout le monde le lendemain matin à 8h.

Aline y sera, elle sait qu'elle a encore des rendez-vous avec le liquidateur pour finaliser l'affaire. Elle ne sera définitivement libre que dans un an, après l'audience de clôture. Un timing parfait pour préparer son autre vie.

Une bouffée d'air

Fin mai, le responsable d'un grand hôpital parisien annonce sur les ondes, -au quatorzième jour de déconfinement-, qu'il n'a pas reçu de nouveau cas depuis deux jours. Les pays touchés avant nous, confinés ou pas, vivent la même évolution de la célèbre courbe en cloche qui sonne le tocsin du virus mais ne carillonne pas l'arrivée d'une seconde vague. L'avenir s'éclaircit pour Aline et pour le monde. Même si l'inquiétude demeure tout en tirant bénéfice de ce qui est arrivé, de ce qui arrive et de ce qui n'est pas encore terminé.

Sans être devenue moine bouddhiste, Aline fait plus de place à la lumière, s'inspire de Gandhi dans sa citation « sois le changement que tu veux voir dans le monde ».

Elle rêve aux bénéfices de la situation, ceux qu'elle est en mesure de générer, ou pas, fait des hypothèses.

Le simple fait de savoir que c'est possible la rend libre. Athos, belle âme attardée dans la bonté, disqualifié au titre de l'inefficacité l'enveloppe de bras tendres. Elle s'imagine s'embarquer avec lui, se questionne sur leur envie commune de sauver le monde.

Pendant trois mois qui s'avèrent finalement six, Aline travaille d'arrache-pied à sa succession. Elle donne le meilleur d'elle-même dans une relation gagnant/gagnant avec l'équipe. Le CDD lui fait gagner en sérénité sans entraver son projet d'avenir construit avec Athos, ni perdre son but. Pour rien au monde elle ne se laisserait détourner. Avec son équipe, elle consacre beaucoup de temps à la reprise d'activité, élabore le plan de reprise, diffuse les consignes sanitaires, réalise et imprime les affiches pour eux et pour les clients. Les travaux d'imprimerie relatifs au covid participent à leur sauvetage.

Le simple fait de prendre la décision de partir sans durée préétablie pour mieux revenir l'a fait ralentir. Elle constate que la réalisation des choses demande en préambule du rêve et que pour rêver il faut du temps. Entre l'hospitalisation et la perte d'activité, elle n'en a pas manqué, le défi consiste à le garder. Aujourd'hui, elle récolte les bénéfices du ralentissement –cher payé- entre dans le temps de la vie quotidienne mesurée par les horloges dont les sons n'ont plus la lourdeur du métal. Elle réfléchit à une nouvelle tranche de vie autour de la lutte contre l'obsolescence programmée des choses.

Le déconfinement radical et définitif les conduits sur les routes, non pas au volant du camping-car -d'une époque révolue- mais en cyclotouristes, dans le culte de la lenteur de ceux qui prennent le temps, à la conquête de l'océan, terre natale d'Athos. Pendant cette parenthèse, le principe même des vacances consiste à être totalement l'un à l'autre, en totale autarcie. Comme prévu, ils s'égarent, retiennent leur respiration hors des attaches du passé, disposent d'un temps fou, dont ils n'ont pas grand-chose à faire. Pas certain d'être sur la bonne voie/voix. Seule la crainte de manquer d'argent les rattache au réel. Ils sont retenus dans des endroits charmants, beaucoup plus longtemps qu'ils ne le pensaient, un peu comme Ulysse. En chemin, ils font du woofing dans un élevage de chevaux, une ferme piscicole et une exploitation permacole. Arrivés au pays Basque, ils trouvent refuge chez les parents d'Athos, à Cambo-les bains, tout près de la villa d'Arnaga fief d'Edmond et Rosemonde Rostand. Ils apprécient l'esprit de famille, goutent à la douceur familiale et aux saveurs du pays basque tout en étant conscients de traverser le présent les yeux bandés.

En juin, le monde les rattrape. Ils sont sidérés par les revendications ethniques et communautaires sur fond de l'affaire Adama Traoré en France et de George Floyd aux USA, par les débordements des « black blocks » qui occultent l'objet premier des revendications. Sur les réseaux sociaux, ils découvrent ahuris des photos de manifestants atypiques ; sous leurs yeux, des poupées, jouet en plastique, légo, Barbie, GI Joe, peluches et autres figurines brandissent des banderoles contre Poutine. Ce n'est pas un photomontage mais une « nanomanifestation » du peuple Russe, sur les trottoirs et aux fenêtres de Saint Petersbourg. Ils croient rêver. Athos a de gros coups de down, dont il peine à remonter. La désillusion le mine, il part dans ses pensées : Quand le peuple est traité comme des enfants, les joujoux deviennent rois. Il a perdu espoir, notamment dans le monde de la santé. Le Ségur de la santé, titre incompréhensible au commun des mortels, se vide de son sens et devient encore plus abstrait.

L'optimisme d'Aline résiste mieux, à l'actualité. Elle se réjouit de la montée de l'écologie notamment aux élections municipales, même si elle se désole de la récupération écologique par les parties politiques.

Pour un peu, leur rapport à l'incertitude, la vérité érodée, la folie du monde, les pousserait au reconfinement enveloppant de la famille. Mais, ils y étouffent. L'envie d'autre chose sans vraiment savoir quoi les tenaille. Ils savent ne pas vouloir un couple traditionnel, se marier, avoir des enfants. Dans l'incompréhension mais le respect de la famille, ils affirment l'incompatibilité du maternage avec leur choix de vie. Aline dit à qui veut l'entendre :

        -Heureusement que je n'ai pas d'enfant. Je me sentirais obligée de l'appeler Covid.

Aline peu habituée à la bienveillance, l'intérêt porté à l'autre, la convivialité, l'entraide, la fraternité se laisse porter et perd un peu de sa verve. Parfois, il lui arrive de glisser sur un versant dépressif. Elle sait alors qu'elle ne retrouvera ni Hercule ou Héraclès, ni rivages semblables à ceux du Xanthe ou du Scamandre de l'Iliade, regrette la sensation heureuse d'une vie dans les livres, protégée de l'erreur. Elle s'interroge sur l'avenir, sa propre famille, ce qu'elle croyait être une famille.

Par habitude, il lui arrive encore de retomber dans l'enfer, du joug des affaires et du devoir. Alors, l'expérimentation vive d'être double réapparait. Elle se console du manque d'échanges avec le grand-père par une vie de terrienne en lien avec l'air, le ciel et la nature. Elle abandonne le désir ardent de tout voir et tout savoir, prie pour le non-retour à l'anormale.

De dix ans plus âgée qu'Athos, elle ressasse la menace d'une mise en demeure, sans cesse différée mais toujours imminente, elle voit dans l'écart d'âge, la preuve évidente qu'il apprécie en elle, non pas l'être unique, mais la femme mûre, débrouillarde et autonome qu'elle a toujours été. Elle se sent prise au piège sans autre choix que de rester celle qu'elle est.

La part de risque qui coule dans ses veines ne la laissera jamais tranquille. Forte de cette conviction, elle intègre le protocole expérimental Russe de vaccination et s'amuse à dire avec ironie à Athos que le vaccin n'a aucun effet secondaire alors qu'elle parsème ses phrases de mots russes qu'elle ne savait même pas connaitre. L'intranquilité toujours relancé s'apaise heureusement des photos qui fixent les moments et comblent l'impossible. Comme un mantra elle se récite la citation d'Alain : « le pessimisme est d'humeur, l'optimisme de volonté ». *chto delat* ?